포켓 스마트 북 ⑩
벚꽃 울타리

글벗문학마을 편

도서출판 한글

울타리글벗문학마을

출판문화수호 스마트 북 (10)
2024년 4월 10일 1판 1쇄 인쇄
2024년 4월 15일 1판 1쇄 발행

벚꽃 울타리

편   자 울타리글벗문학마을
기   획 이상열
편집고문 김소엽 엄기원 이진호 김무정
편집위원 김홍성 이병희 최용학 최강일
발 행 인 심혁창
주   간 현의섭
교   열 송재덕
디 자 인 박성덕
인   쇄 김영배
관   리 정연웅
마 케 팅 정기영
펴 낸 곳 도서출판 한글
우편 04116
서울특별시 마포구 신촌로 270(아현동) 수창빌딩 903호
☎ 02-363-0301 / FAX 362-8635
E-mail : simsazang@daum.net
창   업 1980. 2. 20.
이전신고 제2018-000182
* 파본은 교환해 드립니다.
* 정가 6,500원
* 국민은행(019-25-0007-151 도서출판한글 심혁창)
ISBN 97889-7073-634-1-12810

책머리에

이 스마트 북 『울타리』는 정기 간행물이 아닌 휴대 간편한 포켓북입니다. 지금은 모두 '스마트 폰'에 빠져 책 읽는 사람 만나기가 쉽지 않습니다.

따라서 출판문화는 날로 위축되고 있습니다.

디지털 기기에 의존하면 기억력과 계산력이 떨어지는 디지털치매라는 말도 있고 블루라이트에 의한 시력 피해도 있답니다. 독서로 눈 보호도 고려해야 할 것입니다.

스마트 북은 공중파를 타고 만연하는 정보와 미담 가운데 지식에 유익하고, 실생활에 필요한 내용을 선택하여 종이에 기록하는 잡지 같은 단행본입니다.

스마트 북 울타리 발행 목적이 독서로 출판문화를 지키자는 데 있으므로 앞으로는 뒷골목에 샛별같이 마을을 밝히는 독서회를 찾아 특집으로 소개하려 합니다. 지금까지 독서 권장 도서들이 많이 나와 있습니다. 그 귀한 출판사 책들과 독서 권장 명구를 소개합니다.

전국 어느 독서회든 좋은 정보 주시면 울타리에 올려 독서의 즐거움을 함께 나누도록 하겠습니다.

「울타리」를 애독하고 보급해 주시는 멤버님들께 감사드립니다.

발행인 심혁창

한국출판문화 수호캠페인에 동의하시는 분께

한국출판문화수호 캠페인에
동의하시는 분을 환영합니다.

이메일이나 전화로 주소와 전화번호를
알려주시면 회원으로 모십니다.
메일:simsazang@daum.net

1권 신청, 정가 6,500원 입금
보급후원 : 10부 40,000원 입금
국민은행 019-25-0007-151
도서출판 한글 심혁창
이 책은 전국 유명서점과 쿠팡에서 판매합니다

04116
서울특별시 마포구 신촌로 270
수창빌딩 903호
전화 02-363-0301 팩스 02-362-8635
이메일
simsazang@daum.net
simsazang2@naver.com
010-6788-1382 심혁창

출판문화수호켐페인멤버

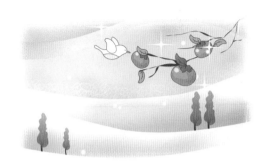

년   월   일

님께

드림

목차

스마트 북 울타리 발행 목적은 독서로 출판문화를 지키자는 의지로 발행되므로 특집으로 독서회를 소개하려 합니다. 지금까지 뒷골목에 진지한 독서회가 있었고 독서 권장을 하는 도서들이 많이 나와 있습니다. 그 귀한 출판사 책들과 그 내용 중 감동을 주는 구절을 소개합니다.

독서 생활화의 즐거움

최 강 일

7년 전이다. 사당역 근처에서 둘레 길로 야산을 걸어 낙성대공원까지 걸었다. 낙성대공원의 구석에 조그마한 컨테이너를 개조한 간이 독서실이 눈에 띄었다.

무슨 책들이 있나 하는 호기심으로 들여다보았다.

담당 사서 팀장이 관악구민이시면 독서회원으로 등록하면 책 대여도 가능하고, 마침 성인독서회가 최근에 결성되어 회원으로 참여할 수도 있다고 친절히 안내를 해주었다.

평소에 독서를 해야겠다는 생각은 늘 갖고 있었지만, 책을 끝까지 읽지 못하고 도중에 그만두는 버릇이 있어 제대로 읽은 책이 얼마 되지 않는 상태로 지내오던 나였다. 그런데 마침 잘되었다 싶어 내친 김에 회원등록을 하고 우선 마음에 드는 책을 대출해서 읽기 시작했다.

그 다음 주 화요일에 10시경 그곳에 참석해서 독서회원들이 책을 읽고 독후감을 작성하여 발표하고 질의응답을 하는 것을 보았다. 그 다음 주부터 나도 거기 끼어 발표자료를 만들어 참여하기 시작했고, 그간 회원들의 각자의 사정에 따라 증감이 있었지만 지금까지 7년째 독서회활동을 계속하는 중이다.

과거의 컨테이너 도서관을 대신하여 새로 지은 낙성대공원 도서관의 사진을 보여드립니다. 독서운동을 활성화시킨 2015년 당시 관악구청장은 유종필 씨였는데 국회도서관장도 역임하신 것으로 알고 있습니다.

공교롭게도 같은 대학 영문과를 졸업한 후배가 동아리 대표를 하고 있어서 동문을 만나는 즐거움이 더해지면서 더욱 열심히 참여하다 보니 어언 7년이란 세월이 흘러갔다. 회원 중에는 대학교수로 계셨던 분도 있었고, 예비역 육군 대령 출신도 계셨고, 해외에서 생활하다 귀국하신 고매한 분도 있었으며 독서실을 찾는 아이들에게 동화책을 읽어주는 봉사를 하는 분도 계셨다.

그런 분들의 다양한 경험담을 듣는 재미도 있어서 특별한 일이 없는 한 꼭꼭 참석해 왔다.

일주일에 한 권 정도씩 책을 대출해서 읽다 보니 1년에 약 50권 정도의 책을 읽었다. 고등학교 교사시절에 동료 교사들에게서 귀동냥으로 얻어들었던 분야에 대한 호기심이 발동하여 우주에 관한 책, 생물학에 관한 책, 동서양의 역사서, 세계적인 위인들의 일생을 다룬 위인전, 철학과 심리학 서적과 기타 수필집 등 다양한 분야를 살펴보면서 계속해서 궁금한 분야를 다루는 책을 읽게 되었다.

기억력이 점점 나빠지는 나이가 되다 보니 읽은 책의 내용을 다시 찾아보고 싶으면 수시로 볼 수 있도록 독후감 요약을 노트하기 시작했다. 그러다 보니 대학노트 약 250 페이지 정도의 노트를 15권째 쓰게 되어 스스로 보아도 적지 않은 내용을 담고 있어 든든한 마음까지 든다.

'구슬이 서 말이라도 꿰어야 보배'라는 말이 있듯이 책도 그냥 비치해 두기보다는 수시로 읽고 음미해야 지식과 지혜의 저장고로서 살아 있는 역할을 하는 것을 절감한다.

서울대 심리학과 최인철 교수님은 '독서란 의식의 지평을 넓히는 작업이고 관심의 세계를 확장시키는 최고의 수단'이라고 평하면서 '행복하고 지혜로운 사람들의 특징 중 하나는 책을 많이 읽는다'는 사실이라고 지적하였다.

수시로 와서 자유롭게 독서하는 회원들

그러면서 독서는 가능성의 확장이라며 인생의 역전은 준비된 사람에게서나 가능한 법이라며 꾸준한 독서를 통한 자기 단련을 강조하기도 했다.

연세대 명예교수이신 김형석 교수님은 100세를 넘기시며 「백년을 살아 보니」라는 책을 쓰시고, 104세가 되시는 지금도 강연과 저작활동을 할 수 있는 힘은 꾸준한 독서의 힘이라고 말씀하신 적이 있다. 그리고 오늘날 세계 문명을 이끌고 있는 다섯 나라는 영국, 프랑스, 독일, 미국과 일본이라고 지적하시면서 그 나라들은 국민들이 꾸준히 책을 읽는 문화를 지니고 있다고 강조하시기도 했다.

책속에서 인류역사상 위대한 업적을 남긴 선각자들의 목소리를 들으며 배울 수 있다는 것은 정말로 인류의 발전을 위해서 너무도 고마운 일이 아닐 수 없다. 기나긴 인류의 발전사와 오늘날이 있기까지 각각의 저자들이 평생 동안 연구한 귀한 진리들을 책을 통해서 우리에게 전해주고, 또 후대에 이어지는 것은 정말로 소중하고 귀한 문화 활동임을 누구도 부인하지 못할 것이다.

해외여행을 하려면 미리 여행지에 관한 역사와 유물의 내력 등을 책을 통해 공부하고 가면 훨씬 더 보람차고 뜻깊은 여행길이 됨을 누구나 체험을 통해 알고 있을 것이다. 또한 우주에 관한 지식과 인체의 신비, 지구의 구조와 생성과정, 기나긴 역사의 발전과정 등, 궁금한 내용들을 책이 알려주니 얼마나 고맙고 다행인지 그저 감사한 마음을 수시로 느끼고 있다.

독서는 매사에 본질을 통찰하는 힘을 길러준다고 한다.

독후감 발표회

다양한 인간관계에서 중심을 잃지 않으려면 무엇보다도 자신의 생각을 잘 가다듬어야 한다. 그러려면 독서만큼 도움이 되는 것도 없을 것이다.

마음이 모든 것을 결정한다고 생각한다. 우리는 행복하게 살기 위해 많은 노력을 하고 있다. 독서는 자신의 삶을 잘 가꿀 수 있는 지식과 지혜를 얻게 해주고, 자신의 진로를 찾는데도 결정적 길잡이가 되어준다. 책을 통해서 세상 이치를 깨닫는 것이 자신의 꿈을 실현해 가는 최선의 방법이 될 수 있음을 깨달았다.

'시작이 반이며 천리 길도 한 걸음부터'라는 우리의 속담이 알려주듯이 시작이 중요함을 바로 알고 독서를 통해서 보다 큰 행복을 누리고 삶의 보람을 찾으시라고 권하고 싶다. 어린이들이 어려서부터 독서의 즐거움을 알고 습관화되도록 학교나 가정에서 적극 지도해주는 것도 매우 중요하다는 것을 강조하지 않을 수 없다. 참고로 관악구에서 하고 있는 독서운동에 관해 알려드리고 싶다.

2023년 말 현재 관악구에 등록된 독서동아리는 회원 5인 이상의 동아리가 300여 곳이 되고, 서울시 전체에 등록된 독서동아리의 30%에 해당되며, 2015년부터 당시의 구청장님이 적극 독서활성화를 추진해서 독서동아리 지원 사업에 매년 120여 개의 독서동아리에 활동비로 30~40만원씩 지원하고 있고, 이런 독서동아리 활성화 지원은 관악구에서만 하고 있는 것으로 알고 있다.

연합독서회 활동과 '독서동아리 이끎이 제도'도 운영해 건의사항 청취도 이뤄지고 있다. 또한 23개 도서관을 하나로 묶어서 운영하여 상호대출을 하고 어디서나 편리하게 대출하고 책을 반납할 수 있게 운영하고 있다. 다른 지자체에서도 관악구청의 지원을 참고하면 출판문화와 국민들의 독서 활성화에 큰 도움이 되리라 생각된다.

최강일

「한국크리스천문학」 수필등단, 한국크리스천문학가협회 회원, 고려대학교 영어영문학과 졸업, 남강고등학교 교사로 정년퇴임, 옥조근정훈장 대통령표창 수상

독서 권장의 책과 명언들

독서 권장 도서 「생산적 책 읽기」

북포스 출판사

* 책은 내 집처럼 골라라
* 나는 왜 책을 잘 고르지 못할까?
* 나를 알아야 좋은 책이 보인다.
* 나는 어떤 책을 좋아하는가?
* 일주일에 몇 권이나 읽나?
* 책읽기는 과녁을 맞히는 활쏘기
* 나는 왜 책에 그토록 매달리는가?
* 좋은 책을 고르는 기술
* 책 고르는 데에도 기술이 필요하다
* 생산적 책읽기는 쉬운 책을 소화시키는 것
* 천천히 읽기와 빨리 읽기
* 하루 50글자씩 이백 혹은 삼백 번 읽고 뜻을 새겨라
* 어느 날 문자를 보니 나는 길가에 뒹구는 나뭇잎 같은 존재였다.
* 시간의 차원이 달라진 시대
* 왜 하필 48분인가?
* 48분 독서로 삶에 혁명을 일으켜라
* 독서는 가장 아름다운 습관이다

독서 권장 도서 「48분의 기적」

* 책에 미치면 오히려 행복하다
* 많이 읽으면 달라진다
* 책에 미쳐야 미래형 인재가 된다
* 시간을 활용한 독서로 인생의 전성기를 맞이한 사람들 / 3년 독서법칙을 실천한 CEO 소프트뱅크 손정의 회장/

김병환 저/ 책표지

책 속에는 당신이 닮고자 하는 그 모두가 있다.
* 당신의 독서는 당신의 잠든 위대함을 깨운다.

독서 권장 도서 「진로 독서 인성 독서」

* 독서를 하지 않는 48분은 그야말로 인생 낭비다.
* 큰 사람은 모두 책이 만들었다.
* 책을 읽는 것은 사람만이 가진 삶의 특권이다.
* 시간을 활용한 독서로 인생의 전성기를 맞이한 사람들 / 감옥을 도서관으로 삼다 / 인생역전은 48분이면 충분하다 / 버려지는 1분을 찾아라 / 5분도 금 같은 오전에 48분 만드는 방법 / 시간을 활용한 독서로 인생의 전성기를 맞이한 사람들 / 병상에서 2년 6개월 동안 3천 권을 읽다 / 이랜드그룹 박성수 회장 /

독서를 통한
진로와
인성 교육

진로 독서
인성 독서

서상훈·유현심 지음

"
21세기 사회의 뛰어난 인재를 육성하기 위한 핵심 키워드는
'진로'와 '인성'이다!
"

더디퍼런스

더디퍼런스 출판사

지친 오후를 달래는 48분간의 독서타임
* 주말은 충전의 시간, 책꽂이를 충전하라
* '시간을 활용한 독서로 인생의 전성기를!
* 1,000일 독서로 거인이 되어 우뚝 서다(교보문고 신용호 회장:교보문고 이야기 게재 참조)
* 생산적 책읽기

* 읽고 정리하고 실천하기
* 책읽기는 기술이 아니라 존재방식이다
* 새로운 의식의 창문을 찾아라
* 좋은 책과 인연 맺기 위한 세 가지 마음의 기술
* 휴대폰 카메라로 문장을 찍어라
* 사라진 기억을 재생시키는 포스트잇
* '감동'이 '감동'을 낳는다
* 한 장으로 정리하여 요약하기
* 벼락치기에서 한 수 배우다
* 어느 날 문득 보니 나는 길가에 뒹구는 나뭇잎 같은 존재였다.

교보문고 大山 신용호 회장의 '천일독서'

가임 여성 한 명이 평생 낳을 것으로 예상되는 아이 수를 뜻하는 합계 출산율(올 2분기)이 0.7명으로 역대 최저다. 점점 줄어드는 아이들, 그래도 서울 도심에서 주말이면 엄마·아빠 손을 잡은 미래의 동량(棟梁)이 눈에 많이 띄는 곳이 있다.

광화문 교보생명 사옥 지하 교보문고다. 책장을 넘기는 고사리 손에서 희망을 본다. 문을 연 지 40년이 지났으니 이 서점 복도에 주저앉아 독서 삼매경에 빠진 추억이 있는 중장년층도 많을 것이다.

교보문고엔 5대 운영지침이 있다.

1. 초등학생에게도 반드시 존댓말을 쓸 것
2. 한곳에 오래 서서 책을 읽어도 그냥 둘 것
3. 이것저것 보고 사지 않더라도 눈총 주지 말 것
4. 앉아서 책을 노트에 베끼더라도 그냥 둘 것
5. 훔쳐 가더라도 망신 주지 말고 눈에 띄지 않는 곳에서 좋은 말로 타이를 것 등이다.

어린 시절 폐병에 걸려 초등학교도 다니지 못하고 책을 읽으며 꿈을 키웠던 교보생명 창립자 대산(大山) 신용호의 뜻이 담겨 있다. '사람은 책을 만들고 책은 사람을 만든다'는 교보문고 표지석 글귀는 대산의 얘기이기도 하다.

16세부터 성인이 되기까지 약 3년간 닥치는 대로 책을 읽었다는 천일독서(千日讀書)는 향후 그가 사업을 하는 데 큰

자양분이 됐다. 대산은 1936년 약관(弱冠)의 나이에 중국으로 건너가 곡물사업 등을 펼쳤고 해방 후 귀국해 출판, 염색, 제철사업 등을 하다가 1958년 세계 최초의 '교육보험'을 창안하여 대한교육보험을 설립했다.

'담배 한 갑 살 돈만 아끼면 자녀를 대학에 보낼 수 있다'고 고객을 만나 설득했다. 이후 30년간 교육보험을 통해 학자금을 받은 300만 명은 경제 발전의 주역으로 활약했다.

대산은 25년 이내에 서울의 제일 좋은 자리에 사옥을 짓겠다는 창업 당시 약속대로 1980년 교보빌딩을 완공했다. 도심 금싸라기 땅 지하에 상가를 내게 해달라는 민원이 쇄도했고 직원들도 만류했으나 서점을 들여 아이들이 마음껏 책을 읽게 하겠다는 그의 뜻을 꺾지 못했다.

〈류시훈 한국경제 논설위원〉

(류시훈 논설위원님 감사합니다. 앞으로 '울타리'에는 독서에 관한, 뒷골목독서회의 미담을 맨 앞에 올리기로 해서 편집중인데 마침 위원님께서 좋은 글을 쓰셨기에 양해 없이 올렸습니다. 이해와 용서를 구합니다.)

지식을 얻기 위하여 이것저것 많은 책을 찾는 것보다 분량은 적더라도 질적 수준이 높은 책을 선택하라. 악서가 아닌 책이라 해도 양서를 가려 읽는 것이 매우 중요하다.(톨스토이)

의병 격문(義兵 檄文)

최용학

일제가 우리나라를 본격적으로 침략하기 시작한 것은 1895년 명성황후를 시해한 때부터였다. 이때부터 침략자들을 물리치기 위해 전국 각지에서 20여 년 동안 수많은 의병들이 일어나 침략자들과 계속 싸웠다. 이러한 의병(義兵)은 어떠한 의미가 있는 것인기를 간략하게 알려주신 분은 유명한 박은식(朴殷植) 선생이다.

박은식 선생의 의병격문

義兵者 民軍也 國家有急 直以義起 不待朝令徵之發 而從
軍敵愾者也

(의병이란 민군이다. 국가가 위급할 때 즉시 의로써 일어나 조정의 명령도 기다리지 않고 종군하여 침략자들과 싸운 분들이다.)

이러한 정신을 깊이 느끼고, 1895년부터 의병을 일으켜서 침략자들을 물리치기 위해 계속 싸웠던 가장 유명한 의병장으로는 유인석(柳麟錫), 이강년(李康秊), 허위(許蔿) 의병장 등 많은 분들이 있었는데, 이번에는 이강년 의병장에 대해서만 간단히 정리한다.

이강년(李康秊: 號 雲崗) 의병장은 경북 문경 출신으로 1880년 무과(武科)에 급제하여 벼슬길에 올랐다가, 1884년 갑신정변(甲申政變)이 일어나자 고향으로 돌아갔던 분이다.

이후 1895년에 일제의 농간으로 명성황후 시해 사건이 일어나자 저들을 소탕하기 위해 많은 노력을 하다가 의병을 일으켜 싸웠으며, 다음 해 1월에는 제천까지 내려온 유인석 의병장을 찾아가 사제의 의(義)를 맺고, 그 휘하에서 유격장(遊擊將)으로 활약했던 분이다.

당시에는 이 분의 생장지였던 충청도에서 주로 활약하다가 다시 경상도 지역에서 계속 적들과 싸웠다. 그런데 4월에 유인석 의진이 관군에게 패하자, 거수지계(去守之計)를 정하고 요동으로 건너갔다. 그래서 이강년 선생도 후군장(後軍將)을 맡아 압록강을 건너려다가, 영월(寧越)에서 진로가 막혀 후퇴할 수밖에 없었다고 한다.

이후에는 단양(丹陽)에 은신했다가, 1897년 4월에 요동으로 건너가 유인석 의병장을 만나보고, 다시 고향으로 돌아와서는 중요한 학문 연구에만 집중했다고 한다.

이후 1907년 3월에 대한제국 군대의 해산 등으로 인해 왜적들의 침략이 노골화되었으므로 제천에서 다시 의병을 일으켰던 것이다.

이강년 의병장은 제천(堤川)을 비롯해서 단양(丹陽), 원주(原州), 연풍(延豐), 영월(寧越), 횡성(橫城), 강릉(江陵), 청풍(淸風), 충주(忠州), 문경(聞慶), 예천(禮泉), 영주(榮州), 봉화(奉化), 안동(安東) 등 3도(三道)의 14군(十四郡)을 휩쓸며 침략자들과 계속 싸웠다.

이강년기념관

특히 1907년 7월 5일 제천 전투에서는 5백여 명의 적을 토멸해서 사기가 드높아졌고, 이어서는 경상도, 강원도, 충청도 일대에서 이름을 드날리면서 적들과 싸웠다.

그뿐이 아니고, 당시 군대 해산에 반대한 동료(鎭衛隊) 군인들과 함께 의병을 일으킨 민긍호(閔肯鎬) 의진과도 연합작전을 전개하였을 뿐만 아니라, 이러한 소문을 들은 판서 심상훈이 원주 배양산(培陽山)까지 찾아와 노고를 치하하기도 했으며, 조정으로 돌아가서는 고종황제(高宗皇帝)에게 이러한 전과를 보고하기도 하였다.

이에 감동한 고종황제는 이강년(李康秊) 의병장에게 다음과 같은 밀조(密詔)를 내리기도 했다.

아! 나의 죄가 크고 악이 충만하여 황천이 돌보지 않으시니, 이로 말미암아 강한 이웃이 틈을 엿보고 역적 신하가 권세를 농락하여 4천년을 내려온 종묘사직과 3천리 넓은 강토가 하루아침에 오랑캐의 지역이 되었도다!

생각하면, 나의 실낱같은 목숨이야 아까울 것이 없으나, 종묘사직과 만백성을 생각 하니, 이것이 애통하도다!

선전관 이강년으로 도체찰사(都體察使)를 삼아 지방 4도에 보내니, 양가(良家)의 재주 있는 자제들로 각각 의병을 일으키게 하도록 소모장(召募將)을 임명하여 인장과 명 부(兵符)를 새겨서 쓰도록 하라.

만일 명을 좇지 않는 자가 있으면, 관찰사와 수령들을 먼저 베고 파직하여 내쫓을 것이며, 오직 경기(京畿)진영의 군사는 나와 함께 사직에 순절(殉節)할 것이다.

이러한 황제의 지시를 깊이 느낀 당시 주천(酒泉)지역에서 활동하던 40여 의진들이 계속 합세해서, 이강년 의병장을 도창의대장(都昌義大將)으로 추대하게 되었다.

이후 이강년 의병장은 충주, 문경, 갈평, 단양, 죽령 등지에서 적들을 물리치기 위해 계속 싸웠으며, 그러다가 소백산정(小白山頂)에서부터 전세가 불리하게 되자 병이 나기도 했다.

그러나 1908년 초에는 다시 경기도 지역까지 진군했으며, 강원도 인제, 안동의 서벽과 재산, 봉화 내성 전투 등에서 계속 승리를 거두기도 하는 등 활발하게 계속 침략자들과 싸웠던 분이다.

이후에는 강원도를 떠나 경북 일월산을 거점으로 삼고 4천여 명의 의병을 주둔시켰다고 한다. 그리고 이 일대에서도 계속 싸우는 등 10여 년이 넘도록 침략자들을 물리치기 위해 목숨 걸고 계속 싸운 분이다.

이렇게 계속 적들을 물리치기 위해 싸우다가 청풍의 까치성 전투에서 적의 탄환을 맞고 피체되어 제천으로 압송되었다. 이후 서울로 옮겨져 평리원(平理院)에서 교수형을 받고, 1908년 9월 19일(음) 51세에 애통하게 순국한 위대한 의병장이었다. 이러한 이강년 의병장에게는 세 아들이 있었는데, 이 분들도 당시 부친과 함께 의병에 참전했다. 그분들을 간단히 정리해 보았다.

특히 이번에는 이 세 아들들이 중심이 되어 당시에 의병

을 모집하고, 적들과 싸워야 하는 의미를 담는 등. 아직도
알려지지 않았던 특별한 직분의 기록이 있기에, 이번에는
이 격문에 서명했던 분들도 간단히 정리해 보았다.

李芝元 李承宰 張翰文 安在極

金斗活 韓良履 李兢宰 周九相

張性德 李起夏 徐相業 丁喜燮

許 達 李明宰 李應洙 盧炳大

柳時洲 金喆相 李容曄 李殷和

이 격문은 세 분 형제들을 비롯해서 총 20명의 동지들이
서명해서 의병을 모집하는 등의 내용으로서, 의병을 모아
적들과 싸웠음을 알리는 소모격문(召募檄文), 격문(檄文), 통
문(通文) 등을 작성한 귀중한 기록임에도 아직도 잘 알려지
지 않고 있던 귀한 자료이다.

이러한 격문에 서명했던 분들은 거의 모두가 당시 의병
에 참전했던 분들이다. 이 격문의 서명자 중에는 앞에서
이미 언급한 이강년 의병장의 아들들인 첫째 이승재(李承宰),
둘째 이긍재(李兢宰), 셋째 이명재(李明宰) 외에도 17명을 포
함해서 총 20명의 의병 참여자들이 함께 서명한 내용이다.

격문의 내용은 여러 가지로 많지만, 이번에는 그 내용
중 일부만을 간단하게 알려드리면 다음과 같다.

일본은 임진년 이래로 우리의 원수로서 수많은 사기와

기만으로서 우롱하더니 이제는 침략을 자행하고 있다. 특히 국모를 시해하는 등, 천인공노할 행위를 서슴없이 행하면서 우리를 금수와 같이 하려는 이때를 당하여, 모든 젊은 이들은 의병의 대열에 동참하여 일신을 산화함으로써 의(義)를 행하여 대의를 바로 세우자.

그리고 이번에는 이 직분에 함께 서명한 분들 중에서 독립유공자로 서훈된 분들에 대해서만 중요한 공직을 간단히 정리해 보았다.

이강년 의병장의 큰아들은 바로 이승재 선생으로 1873년생이었다. 이분은 당시 20대 초반의 같은 나이였던 친구 서상업(徐相業)과 더불어 1895년에 부친을 보좌하면서 의병 전에 참여했다.

이렇게 의병으로 침략자들과 계속 싸우다가. 을사늑약

노병대 기념관(상주)

이후인 1905년에는 10살 후배였던 한양이(韓良履)도 함께 의병에 참여하였는데 당시 농토가 많았던 한양이는 농토 6,700여 평을 팔아서 군자금으로 제공하면서, 계속 침략자들을 물리치기 위해 함께 싸우기도 했다.

당시에 이렇게 어린 분들의 의기와 노고에 감동한 의병진의 중군장이었던 김상태(金尙台) 선생 등을 비롯한 많은 분들은, 이 젊은이들을 칭찬하면서 크게 고무 격려했다고 한다. 그뿐이 아니고 1907년에는 본인들보다 나이가 많던 김상한(金商翰) 선생을 비롯한 1백여 명을 의병으로 소모(召募)했을 뿐 아니라, 김상한을 별진장(別陳將)으로 임명하도록 건의하는 등 많은 활동을 전개하기도 했던 분들이었다. 이후 피화리 전투에서는 부상한 동지 이도악(李道岳)을 데리고 절벽으로 올라가 적의 포위망을 벗어난 일도 있었다고 한다.

그런데 이렇게 계속 침략자들과 싸우던 중에, 1908년 5월 청풍성(淸風城) 전투에서 부친 운강(雲崗) 선생이 적에게 피체되어 서울로 압송되자, 이번에는 동생 긍재(肯宰)와 함께 부친이 있는 감옥문을 부수는 활동을 하다가 함께 피체되었으나 다행히 바로 풀려날 수 있었다.

그러나 1908년 9월 19일에 부친이 순국한 후에는 다시 결사대를 조직해서 이등박문(伊藤博文)을 암살하려고 계획하는 등 계속 활동하다가 다시 피체되기도 하였다. 그런데 옥중에서 수인(囚人)들의 도움을 받아 가까스로 탈옥하게 되었다고 한다.

그러나 탈옥 후 1년 이상을 지냈으나, 나라를 잃고 부친의 원한도 갚지 못한 분함에 토혈하고 병이 나서 별세한 분이었다고 한다.

그리고 운강 선생의 둘째 아들인 이긍재(李兢宰) 선생은 1888년생으로 이 분도 1907년 7월에 이강년 의진에 입진해서 종사관(從事官)으로 활동했으며, 단양, 제천, 문경 등지에서 계속 전투에 참전했던 분이었다.

그러다가 1908년 5월에 부친이 적에게 피체되어 서울로 압송되자 형과 함께 서울로 올라가 활동하다가 부친이 순국하였고, 그 후에 형 또한 별세하자, 이후에는 한 많은 세상을 궁핍하게 살다 가신 분이다.

그리고 셋째 아들 이명재(李明宰) 선생은 1892년생으로 이 분도 형들과 함께 단양, 제천. 강릉, 문경 등지에서 계속 전투에 참전한 분이었다.

그러다가 1908년에 부친이 적에게 피체되고 이어 사형 순국하시자, 형들과 함께 부친의 유해를 모셔와 안장했던 분이었다. 그 당시 기록을 간단히 썼다.

그리고 이지원(李芝元) 선생은 다른 이름으로 이지선(李芝

璇으로 불리던 분으로 이강년 의진의 좌종사(坐從事)로 활약했던 분이었다.

이분은 1910년 경술국치 이후에도 국권회복을 위해 목숨 바쳐 싸우는 의병들을 재규합하기 위해서 이 격문을 작성해서 젊은이들에게 항일의식을 고취시켰다.

그리고 이강년 의병장의 큰아들 이승재가 아버지의 원수를 갚기 위해 동분서주하다가 병을 얻어서 객지에서 별세하자 여러 동지들에게 이를 알려 재물을 보내는 등 의병의 가족을 돌보는 일도 많이 한 분이었다.

최용학

1937년 11월 28일, 中國 上海 출생(父:조선군 특무대 마지막 장교 최대현), 1945년 上海 第6國民學校 1학년 中退, 上海인성학교 2학년 중퇴, 서울 협성초등학교 2학년중퇴, 서울 봉래초등학교 4년 중퇴, 서울 東北高等學校, 韓國外國語大學校, 延世大學校 敎育大學院, 마닐라 데라살 그레고리오 아라네타대학교 卒業(敎育學博士), 평택대학교 교수(대학원장역임) 현)韓民會 會長

소설가 이문열 선생의
'건국전쟁' 감상문

이제는 다큐멘터리 영화가 아닌 멋진 드라마를 만들어 국민들 가슴에 감명을 주어야 할 차례입니다.

과거 정주영 선생님의 드라마에서 이명박 역으로 나온 유인촌 씨의 드라마가 큰 반향을 일으켜 이명박 대통령과 유인촌 장관이 현실화된 것처럼 멋진 드라마가 나와 대중의 가슴을 계몽시켜야 합니다. 우리는 문화전쟁에서도 이겨야 합니다.

최근 넥스플렉스에 '2144억 원의 스시'(?)가 뜨기 시작한다네요!

건국전쟁(The Birth of Korea)을 보기 전에

이 감상문은 '선구자, 선각자, 예언자, 애국자, 불출세의 영웅, 대붕, 위인'이라고 불러야 할 사람을 이제까지 무지의 소치로 '독재자, 미국의 앞잡이, 친일파, 런(run)승만, 양민학살의 주범, 부정선거 방조자, 하와이 망명자, 막대한 비자금 조성자, 플레이보이'라는 수식어의 포로가 되어 무관심이나 폄하의 대열에 동조해 왔던 통절한 반성에서 씌어졌다. 명실 공히 평생 국학을 전공했던 나는 교육과정에서 '이승만(1875~1965) 대통령은 3·15 부정선거에 따른 4·19 의거로 하야한 초대대통령 정도'로만 배웠을 뿐, 이승만 위상 지우기를 자행해온 과거정권과 좌익이 주도해 온 민주화 투쟁기에 젊은 시절을 살아왔기에 현실적으로 더 이상 관심을 가질 필요가 없었다. 한마디로 대한민국의 건국과 이승만의 생애에 대한 학교교육이 전무했었다.

그러다 나는 첫째, 뜬금없이 작년 6월 초대 대통령 이승만 기념관 건립 캠페인이 벌어질 때, 왜 이 시점에서 이승만 대통령의 재평가가 논의되는가에 관심을 가졌다.

둘째, 최근 재야 문화사가인 몽아(夢兒) 김태선 사장께서 이승만·박정희·백선엽 관련 자료를 집대성하여 발간하는 「후대에게 들려주고 싶은 이야기」의 추천사를 의뢰받으면서 일대기를 정독하게 되었다.

셋째, 지난 2월 1일 이승만 대통령의 일생을 다룬 다큐멘터리 영화〈건국전쟁〉개봉 소식을 듣고 바로 당일에 영화 감상 후 내 마음이 바위에 부딪치는 감동의 파도를 잠재울 수 없었다. 그동안〈길 위에 김대중〉·〈변호인〉·〈문재인입니다〉·〈기생충〉·〈그대가 조국〉·〈서울의 봄〉 등의 영화감상에는 떼를 지어 세를 과시하더니, 역사 바로 알기를 다룬〈건국전쟁〉은 상영관도 제한되어 있고 사회지도층과 보수층까지도 무관심하니 영화관에는 시니어 수십 명만이 로얄 석을 채울 뿐 빈자리가 더 많아 아쉬움을 느꼈다. 뜻있는 재력가의 후원으로 젊은 세대에게 무료감상하는 기회라도 주어져 이승만 대통령에 대한 올바른 평가가 이루어지기를 기대해 본다. 나도 몇몇 친목 모임의 영화감상을 후원하려고 한다.

전기와 영화에서 소개되는 이승만 대통령의 주요행적

1) 1875년 3월 26일 전주이씨 후손으로 황해도 평산군에서 출생

2) 1895년 구한말에 아펜젤러가 세운 배재학당에 수학하던 중 독립협회에 참여, 1898년 무능하고 부패한 고종의 하야를 외치다가(갑신정변) 사형선고를 받고 투옥. 조선 최초의 개신교 선교사인 알렌, 언더우드, 아펜젤러 등의 집요한 구명운동에 의해 무기징역으로 감형 1904년 6년 만에 석방. 20대 청년 이승만은 옥중에서 「독립정신」이라는 책을 집필하였는데, 여기에서 5천 년 동안 지속되어온 우리나라 왕정(王政)을 민주공화정(共和政)으로 탈바꿈시키고 세계화와 선진화를 지향하는 대한민국의 건국이념을 제시함.

3) 1904년 미국으로 유학길을 떠나 6년이라는 짧은 시간에 조지 워싱턴대 학사, 하버드대 석사, 프린스턴

대 박사과정 이수. 이때 맥아더 장군과 민족자결주의 선언으로 식민지 국가의 큰 희망이 되었던 우드로 윌슨 대통령을 만남.

4) 1910년 일시 귀국하여 YMCA 간사를 하다가 다시 도미. 우리나라의 독립을 위해 폭력적 항거보다 외교를 통한 방법을 지속적으로 모색함과 동시에 국민들의 의식을 일깨우기 위해 이주민이 가장 많았던 하와이에 정착하여 육영사업에 매진.

5) 1919년 3·1운동 직후 상해임시정부가 세워질 때 초대 대통령으로 옹립. 1922년 도미. 1930년 미국에서 한국독립을 위한 적극적 외교활동. 1942년 얄타회담에서 미소의 한반도 통치방안 비판. 1945년 해방 후 40년간 미국생활을 청산하고 귀국. 좌우익 내전상태와 공산주의의 위협에서 자유민주주의와 시장경제를 바탕으로 1948년 8월 15일 대한민국을 건국.

6) 1948년 초대 대통령에 당선되어 3대 대통령인 1960년까지 재임 - 1948년 스위스나 프랑스에 앞서 여성투표권을 부여. - 토지개혁으로 사회안정과 경제발전을 도모. - 국가보안법제정, 여순반란진압, 5천여명의 간첩 색출, 33만 명의 남로당원 숙청을 하여

대한민국 공산화 저지. 당시 남로당 숙청 없이 1950년 6·25가 발발하였다면 지금 대한민국은 없었을 것임. - 2만 7천여 명의 반공포로들을 석방하는 강수를 두며 미국에 압력을 가하여 기적적으로 한미상호방위조약을 체결하여 한국전쟁 극복과 1953년 휴전 이후 대북 전쟁 억제와 안정적인 안보 환경을 보장. - 교육입국 정책을 수립하여 문맹률 퇴치, 원자력의 중요성을 인식하고 1956년 한미 원자력 협정을 이끌어 내고 126명을 원자력 전문가로 육성하기 위해 해외유학 적극 추진. - 4·19 의거 발생시 "불의를 보고 침묵하지 않는 학생들이 있으니 나는 성공한 것이다."라는 말을 남기고 1주일 뒤 자진 하야. - 이화장 집무실의 소박한 의자와 책상과 다른 방에 있던 기워 입은 그의 옷 그리고 하와이 망명시절에 뜻있는 해외교포의 후원으로 주택과 생활비를 해결해야 했던 생활에서 검소·청렴한 삶을 엿볼 수 있음.

7) 1960년 4·19 의거 후 하야 후 1주일 뒤 하와이로 출국, 5년 뒤인 1965년(90세) 해외에서 영면한 후 국립묘지에 안장됨. 1960년 하야 직후 하와이로 갑자기 떠나 1965년 죽어서 돌아온 것은 당시 정권으로부터 귀국이 봉쇄된 때문임. 이런 생애를 바탕으로

김활란(金活蘭) 여사는 "이승만은 미국의 조지 워싱턴, 토머스 제퍼슨 그리고 에이브라함 링컨을 모두 합친 만큼의 위인"이라고 하였다. 이럼에도 불구하고 통일부장관이었던 이인영은 '우리의 국부는 이승만이 아니라 김구(대한민국이 건국되더라도 결국 북한에 의해 통일이 될 겁니다. 나는 그때를 기다리기에 이승만 박사 주도의 건국에 참여할 수 없다고 말함)다 라고 국회에 나와 증언할 정도로 오랜 기간 이승만 죽이기 정권의 희생양이 되어야 했다.

미국 초대 대통령 조지 워싱턴을 향한 미국인의 사랑과 관심은 시대를 초월해 뜨겁다. 기념관과 동상은 물론 그에 대한 전기·영화·TV 드라마가 넘친다. 일본에선 봉건제를 허물고 근대국가를 세운 메이지 일왕과 혁명가들의, 중국에선 마오쩌둥의 영화와 드라마가 만들어졌다. 그런데 우리 초대 대통령 이승만에 대하여 그동안 정치역학의 희생물로 제대로 된 평가와 미화작업이 이루어지지 않았으니 만시지탄의 감이 있다. 다행히 2023년 6월 28일, 전직 대통령 5명의 아들들이 한 자리에 모여 초대 대통령 이승만 기념관 건립의 필요성에 동감했다. 이런 가운데 이승만 대통령의 정적(政敵)이라 불렸던 '죽산 조봉암(1898~1959) 기념사업회'의 주대환 부회장을 비롯해 4·19혁명을 주도한 이영일 3선 국회의원, 전직 운동권, 진보정치인 출신 등 다양한 정파와

배경의 인사들의 협조로 사단법인을 설립할 수 있었고, 이승만 기념관의 건립이 적극적으로 추진되고 있으니 다행이라 하겠다. 그리고 국가보훈부가 2024년 1월 '이 달의 독립운동가'로 이승만 대통령을 늦게나마 선정하였다.

1945년 해방 이후 남과 북은 '자유와 민주주의에 기초한 경제 번영의 선진국'과 '자유를 억압하고 인권을 탄압하는 공산주의 독재'의 길로 갈라섰다. 지난 분단의 역사 속에서 오늘의 대한민국을 만들고 지켜내기 위해 노력했던 이승만 대통령의 희생과 투쟁을 다룬 다큐멘터리- 김덕용 감독의 〈건국전쟁〉은 사실을 찾아 열거하면서 20여 명의 시사평론가가 등장하여 그 진실성을 논평해 주고 있다. 사장된 현대사를 재구성하여 영원히 역사박물관에 보관될 〈사기(史記)〉 같은 기록물을 만든 감독에게 찬사를 보낸다. 그리고 우리 모두 가족 동반 감상하여 〈건국전쟁〉의 관객수가 1000만을 돌파하기를 간절히 기원해 보는 바이다.

〈건국전쟁〉을 보고 난 후 나의 결심은 '해방 후 좌우익 혼란기를 잘 극복하여 자유 민주주의 국가를 건국하고, 또 어렵게 한미방위조약을 체결하여 동족상잔의 비극을 극복하여 오늘의 대한민국을 있게 한 74세에 초대 대통령이 된 우남 이승만의 숭고한 업적'을 생각하면서, 육사를 졸업하고 사관학교 교수를 역임하면서 평생 국학을 전공한 지식인으로 여생 동안 대한민국이 선진민주국가로 발전하는데 힘껏 기여하여 자손 대대로 오늘과 같은 평화와 풍요로운 세상이 되는데 조금이나마 도움이 되는 삶을 살겠다는 것임을 밝히는 바이다. 진정한 보수는 먼저 산 사람들의 수고를 잊지 않는다.

- 소설가 이문열 / 2024. 2. 1. 건국전쟁을 보고 와서.

이상은 한국문단의 대표 작가이신 이문열님의 영화 감상평 정리가 잘 되어 있어서 사전 양해 없이 올렸습니다. 작가님의 양허를 바랍니다.(발행인)

열 가지 공이 한 가지 실수를 막지 못한다고 했다. 이승만 박사가 그렇게 혁혁한 공을 쌓고도 본의 아니게 부정선거 방조자로 낙인 찍혀 비참한 말로를 걷고 말았다. 그렇지만 그는 국민의 뜻을 헤아려 바로 하야하고 이 나라를 떠난 것만 보아도 그의 깊은 애국심을 헤아릴 수 있다.

나라를 위해 평생 투쟁한 노 정객이 이국에서 시신으로 돌아온 사실은 마음 아프다. 하지만 이제라도 기념관을 세워 공을 기린다 하니 기쁜 마음으로 밝은 나라의 미래를 본다.

말 한마디의 감동

감동스토리 셋

첫째 현관문 비밀번호가 같은 집의 행복

둘째 며느리 집에 갔다가 나는 가슴 따뜻한 며느리의 마음을 느꼈다.

아파트 현관문의 비밀번호가 우리 집하고 같았기 때문이다. 내가 사는 아파트 뒷동에 사는 큰 아들네 집도 우리 집하고 비밀번호를 똑같이 해놓았다.

엄마가 오면 언제라도 자유롭게 문을 열라는 뜻이었다. 지금은 비밀번호 외운 게 많아 헤맬 수 있기 때문이리라.

그 이야기를 듣고 기분이 참 좋았는데, 작은 아들네도 같은 번호를 쓰는 줄 몰랐었다. 그 사소한 것이 나를 그렇게 마음 든든하게 만들었을까?

언제 내가 가더라도 마음 놓고 문을 열 수 있게 해놓은 것. 그 마음이 어느 것보다도 기분을 좋게 했다. 우스갯말로 요즘 아파트 이름이 어려운 영어로 돼 있는 건 시어머니가 못 찾아오게(?) 하려고 그랬다는 말도 있다.

설마 그러랴 만은 아주 헛말은 아닌 듯한 생각도 든다. 결혼한 아들네 집에 가는 일. 김치를 담가서도 그냥 경비실에 맡겨두고 오는 것이 현명한 시어머니라는 말은 누가 만든 말일까?

그런데 엄마가 오실 때 그저 자연스럽게 엄마 사는 문을 열고 들어오는 것처럼 그렇게 오라고 만든 두 아들네 집 비밀번호. 그것만 생각하면 가지 않아도 든든하고 편하다.

그 건 아들의 마음이기도 하지만 무엇보다도 두 며느리의 배려가 아니었을까. (출처: 행복이 전염되는 집)

둘째 사랑의 처방전

영국의 한 시골 병원에 초라한 행색의 부인이 찾아와 애원했다.

"의사 선생님, 지금 제 남편이 죽어 갑니다. 제발 살려주세요."

의사가 하던 일을 멈추고 서둘러 왕진 가방을 챙겨 들었다. 그런데 부인은 의사의 눈치를 살피며 이렇게 말했다.

"죄송합니다만……. 선생님께 미리 말씀드리는데 저는 지금 가진 돈이 한 푼도 없습니다."

의사가 대꾸했다.

"그게 무슨 대수라고, 사람부터 살려야지요. 의사는 그

즉시 부인을 따라 어느 낡고 초라한 집에 도착했다. 그리고 서둘러 쓰러져 누운 부인의 남편을 진찰해 보고 나서 말했다.

"큰 병은 아니니 안심하십시오."

"정말 감사합니다. 선생님."

병원으로 돌아온 의사는 부인에게 작은 상자를 하나 건넸다.

"이 상자를 반드시 집에 가서 열어 보세요. 그리고 이 안에 적힌 처방대로 하면 남편 분의 병은 금세 나을 겁니다."

부인은 의사가 시키는 대로 집에 돌아와 그 상자를 열어 보았다. 놀랍게도 상자 안에는 처방전 대신 돈 한 뭉치가 들어 있었다. 그리고 작은 쪽지에 이런 글이 씌어 있었다.

'처방전 : 남편 분은 극도의 영양실조 상태입니다. 이 돈으로 뭐든 좋아하는 음식을 사 드리세요.'

부인은 감격한 나머지 눈물을 흘리며 오랫동안 그 처방전을 들여다보았다. 부인에게 친절을 베푼 이 사람이 바로 일생 동안 사랑의 인술을 펼친 영국의 유명한 의사 올리버 골드스미스였다.

위대함은 과연 어디서 오는가?

어떤 사람이 위대한가?

사람들이 어째서 그를 위대하다고 하는가?

무엇이 그를 위대하게 보이게 하는가?

그것은 자기 자신에 대한 성실함을 일생 동안 변함없이 보여주었기 때문이다. 그것이 그를 위대하게 만들었으며, 위대하게 보이게 하는 것이다.

셋째 작고 못생긴 사과

어느 마을 길모퉁이에 한 과일 행상이 있었대요. 손을 다쳐 직장을 그만두고 리어카를 마련해 자기 마을 어귀에서 사과를 팔기로 했대요. 장사를 하던 어느 날 한 손님이 다가와 묻더래요.

"이 사과 어떻게 하지요?"

"예! 천원에 두 개 드립니다."

그 사람은 삼천 원을 내고 사과를 고르는데 작고 모나고 상처가 있는 사과만 여섯 개를 골라서 봉투에 담아 가더랍니다.

며칠 후 그 사람이 또 와서는 똑같이 그렇게 사과를 작고 못나고 상처 난 것만 골라 담더랍니다. 그 사람이 세 번째 오던 날 행상이 말했답니다.

"손님, 이왕이면 좋은 것으로 좀 고르시지요!"

손님은 행상이 하는 말을 듣고도 그저 웃는 얼굴로 여전히 작고 시들고 못난 사과만 골라 담으며 말하더랍니다.

"그래야 남은 사과 하나라도 더 파시지요. 저도 어렵게 사는데 댁은 더 어려워 보이세요. 힘을 내세요. 하늘은 스스로 돕는 자를 돕고, 하늘이 무너져도 솟아날 구멍이 있다잖아요."

그 말을 듣는 순간 그 행상은 숨이 멈춰 지더랍니다. 그래서 그만 눈물을 보이고 말았답니다. 아직은 세상에 아름다운 사람들이 이렇게 있구나!

사과 봉지를 들고 돌아가는 그 사람의 뒷모습이 그렇게 아름다워 보일 수가 없더랍니다. 그리고 자기도 모르게 더 이상 부끄러워하지 않고 더 열심히 해야겠다는 용기가 불끈 생기더랍니다.

따뜻한 말 한마디, 작은 배려가 이 세상은 살맛나게 만드나 봅니다. 작은 관심과 배려가 사람의 마음을 움직이고 인생을 변화시킨다고 합니다.

오늘부터 우리 모두 실천해 봅시다.

아름다운 당신으로 세상은 아름답게 변할 것입니다.

희망을 주는 말 절망을 주는 말

신창원과 절망을 주는 말

"이 새끼야, 돈 안 가져왔는데 뭐하러 학교 와? 빨리 꺼져"

한 때 탈옥수로 온 나라를 어둡게 했던 신창원은 어린 시절 어머니가 간암으로 돌아가시고 매우 가난하고 불우한 가정환경에서 자랐다.

새 엄마가 들어왔으나 새엄마는 동생이 아무리 아파도 모른 척했다. 화가 난 신창원이 하루는 부엌칼을 들고 오늘 내로 집을 나가라고 협박하였다.

계모는 그날로 집안의 패물을 챙겨 집을 나갔고, 신창원은 아버지로부터 죽도록 얻어맞았다.

초등학교 6학년 때에는 서울로 도망갔다가 가출 소년으로 잡히기도 했다. 중학교에 들어가면서 가난한 집안 사정 등으로 친구들에게 따돌림을 받고, 담임 선생님으로부터 야단맞는 횟수가 잦아지면서 학교를 포기하게 됐다.

6년 뒤인 1982년부터 소년원과 교도소를 들락거리기 시작했다. 중학교를 중퇴한 신창원은 1982년 2월 절도죄로 김제경찰서에 붙잡혔다.

경찰이 훈방 조치하자 다시 그의 아버지는 아들의 버르장머리를 고친다고 하며 끌고 가서 "소년원에 보내 달라"고 사정해 소년원에 송치된다. 그런데 신창원은 오히려 이 사건으로 인해 본격적으로 반항적인 인생을 살게 된다.

신창원은 소년원에 들어가면서 마음을 돌이킨 것이 아니라 오히려 또 다른 범죄를 배우고 계속해서 범행을 하게 됐다고 한다. 감옥에 한 번씩 갔다 올 때마다 그의 범죄는 나날이 대담해졌으며, 결국에는 강력 범죄까지 저지르게 되었다.

중학교를 중퇴한 신창원은 1982년 2월 절도죄로 김제경찰서에 붙잡혀 소년원에 송치된 뒤 바로 풀려나 다음해 상경한다. 그 후 음식점 배달원을 비롯한 여러 일을 전전하다 계속 절도죄를 짓게 되고 경찰에 체포되어 수감 생활을 하던 중 탈옥을 하게 된다. 훔친 거액의 돈으로 인심을 쓰고, '부잣집만을 털고 사람을 해치지 않는다'는 일기를 통해 신화를 만들어 내며 '성공한 탈옥수'를 꿈꾸던 신창원은, 한 시민의 제보를 받고 출동한 경찰이 제압하자 마침내 체포되었다.

신창원은 그의 저서 「신창원 907일의 고백」에서 자신이 범죄자가 된 계기를 밝히고 있다. 초등학교 5학년 때 학비를 못 내자 담임 선생님이 "이 새끼야, 돈 안 가지고 뭐 하러 학교 왔어? 빨리 꺼져."라고 소리쳤는데, 그 순간 자신의 마음속에서 악마가 태어났다고 한다.

"지금 나를 잡으려고 군대까지 동원하고 엄청난 돈을 쓰는데 나 같은 놈이 태어나지 않는 방법이 있다. 내가 초등학교 때 선생님이 '너 착한 놈이다.'하고 머리 한번만 쓸어 주었으면 여기까지 오지 않았을 것이다."

라며 신창원은 후에 '사회에서 문제아라고 치부해 버린 아이들은 정에 굶주린 불쌍한 애들'이라며 "저 같은 범죄자가 다시는 없게, 사회와 가정에서 문제아들에게 사랑을 주십시오." 라며 사회의 관심을 당부하기도 했다

"연못에 돌을 던지는 사람은 재미로 던지지만 그 돌에 맞아 죽는 개구리는 재미로 죽는 게 아니다"라는 말이 있다. 선생님의 모욕적인 말 한 마디는 어린 신창원의 마음에 큰 트라우마가 되었고, 심한 모멸감과 반항심을 갖게 만들었다. 살에 난 상처는 시간이 지나면 아물고 새 살이 돋아나 깨끗해질 수 있지만, 가슴에 난 마음의 상처는 오래도록 아물지 않고 고통을 주는 경우가 많다고 한다.

모로코 속담에는 "말이 입힌 상처는 칼이 입힌 상처보다 깊다."는 말도 있다.

역사가 시작된 이래 칼이나 총에 맞아 죽은 사람보다 혀끝에 맞아 죽은 사람이 더 많다고 한다.

선생님의 모욕적인 말 한 마디는 신창원의 인생을 망쳐 놓는 계기가 되었다.

이국종과 용기를 주는 말

'아버지가 자랑스럽겠구나'라는 말 한마디로 인해 우리나라 최고의 외과 의사로 인정받고 있는 이국종 교수는 어린 시절 지독한 가난에 허덕이면서 부유한 삶은 꿈조차 꾸지 못했다.

가난은 그림자처럼 그를 따라다녔다. 게다가 가장인 아버지는 6·25 전쟁 때 지뢰를 밟아 한쪽 눈을 잃고 팔다리를 다친 장애 2급인 국가유공자였다.

이국종 소년은 중학교 때까지 학교에 국가유공자 가족이라는 사실을 알리지 않았다고 한다. 그래서 '아버지'라는 이름이 그에게 반갑지 않은 '병신의 아들'이라고 놀리는 나쁜 친구들 때문이었다. 아버지는 아들에게 미안한 마음을 표현하고 싶을 때마다 술의 힘을 빌려 말했다고 한다.

"아들아 미안하다"

이국종 교수는 중학교 때 축농증을 심하게 앓은 적이 있었다. 치료를 받으려고 이 병원 저 병원 문을 두드렸는데, 국가유공자 의료복지카드를 내밀자 다른 병원에 가보는 게 낫겠다며 내치듯 돌려보냈고, 여러 병원을 전전했지만 문전박대를 당했다.

그 때 이 교수는 아직 어렸지만 우리 사회가 얼마나 냉정하고 비정한지를 뼈저리게 느꼈다. 그런데 자신을 받아줄

나른 병원을 찾던 중, 그는 자기 인생을 바꾸어 놓는 의사 한분을 만나게 된다. '이학산'이라는 외과 의사였다. 그분은 두 손에는 날카로운 매스를 들고 있지만, 가슴에는 따뜻한 사랑을 품은 의사였다.

그는 어린 이국종이 내민 의료복지카드를 보고는 이렇게 말했다.

"아버지가 자랑스럽겠구나!"

인술(仁術)의 의사 '이학산'은 진료비도 받지 않고 정성껏 치료해 주면서 "열심히 공부해서 꼭 훌륭한 사람이 되어라!" 하고 격려해 주었다. 그 한 마디가 어린 이국종의 삶을 결정하게 했다. 이학산 선생님은 나라를 위해 싸운 훌륭한 아버지를 두었으니 진료비도 받지 않겠다 하셨고, 그 후 이국종 소년이 병원에 갈 때마다 열심히 공부하라고 용돈까지 챙겨 주셨다. 이학산 선생님은 모두가 이 교수와 그 가족을 무시하고 그들에게 등을 돌릴 때, 군말 없이 두 손을 내밀어 소년 이국종을 보듬어주면서 차가운 세상에도 꽁꽁 얼어붙은 마음을 녹이는 따뜻한 마음을 가진 사람들도 있다는 것을 가르쳐 주었다.

소년 이국종은 마음 속 깊이 감사함을 느꼈고, 그분과 같은 좋은 의사가 되고 싶다는 꿈을 꾸었다. '의사가 되어 가난한 사람을 돕자, 아픈 사람을 위해 봉사하며 살자'라는 대표하는 삶의 원칙도 그 때 탄생했다. 이국종은 가난과 장애로 인해 무시 받았던 서러움을 맛보면서 "아픈 사람에게 만큼은 함부로 대하지 않을 것"이라고 다짐했고, 이를 실천했다. 이국종은 지금 대한민국 최고의 외과의사가 되었다.

"환자는 돈 낸 만큼이 아니라, 아픈 만큼 치료받아야 한다."

이것은 그의 대표적인 삶의 원칙이다. 이학산이 없었으면 오늘날의 이국종이 없었을 것이다. 차가운 말 한 마디, 남을 배려할 줄 모르는 사람의 가시같은 말 한 마디는 한 사람의 인생을 파멸로 몰아넣었고, 어려운 처지에 있는 사람들을 깊이 생각하고 위로해주는 사람의 따뜻한 말 한 마디는 한 사람의 인생을 아름답고 복된 인생으로 바꾸어 주었다.

이 두 사람의 인생관에서 말 한마디의 힘을 생각하게 됩니다. 감사합니다. (이한규 칼럼니스트:받은 글)

* 이렇게 아름다운 글을 올려주신 이한규님께 감사드리며 울타리에 양해 없이 올린 점을 용서하여주시기 바랍니다. 울타리는 아름다운 이야기가 어디로 날아가든 모셔다 독자를 위하여 널리 전합니다.

판소리 '예수전'을 들어보셨나요?

– 주태익 작사 박동진 창唱

박 이 도

방송작가 주태익朱泰益장로가 성경 원문을 판소리로 번안 각색하고 명창 박동진 옹이 부른 성서 '예수전'을 들어보셨나요?

초동교회 조향록 목사가 기독교시청각 교육국 국장으로 기독방송에 관여하며 방송작가 주태익 장로와 합심하여 제작한 것이 판소리 '예수전'이다. 명창 박동진 씨에게 작곡을 청탁했으나 박씨는 처음 제안을 받고는 완강히 사양했다. 박씨는 계속된 설득과 권유를 받아 심사숙고 끝에 수락했다.

다음은 주태익 장로가 성서를 번안飜案해 쓴 원본이다. 예님의 탄생과 부활한 대목을 보자.

1) (중모리)

이윽고 밤은 깊어 사방이 고요할 제

동정녀 마리아에게 산기가 도는구나

요셉이가 허둥지둥 아기 받을 채비를 하는디

나귀 먹다 남은 꼴을 주워다 한구석에 쌓아 놓고 (중략)

요셉이가 기가 맥혀 혼자 말로 기도를 헐제

"하나님 높으신 뜻 사람이 알리요 마는/ 독생자 아드님을

세상에 내보내시되 어이타 눈물겹게 이다지도 슬피 보내는
가/ (중략) 하필이면 나와 같은 젊은 목수 그나마도 고향이
면 이런 고생이 있으리까/ 타향 객지 낯선 땅에 가축들 틈에
끼여 구세주가 나신다니 억울하고 분한고/ 이런 일이 또
있느냐"   (누가복음 2장에 기록된 말씀)

얼굴 용모 눈빛이며 고고한 울음소리가 과시 범상치 않구나

요셉이 좋아서 춤을 추며 노는구나

얼시구나 장히 좋네 우리 주 메시야가 여기에 탄생하시
었네(중략)

베들레헴 마굿간에 만백성들의 경사났구나

얼시구절시구 지화자 좋네 요런 경사가 또 있는가.

(누가복음 1장에 기록된 말씀)

2)

어와 세상 사람들아

이내 한말 들어 보소

우리 주님 부활하셨네

십자가상에 매달려

창칼에 찔리신 우리 주님…

죽음에서 살아나셨네

우리 주님 부활하셨네

할렐루야 얼씨구 좋다

할렐루야 얼씨구 절씨구 할렐루야...

(누가복음24장 등에 기록된 말씀)

판소리의 대가 박동진 씨는 '예수전' 대본을 몇 차례 반복해 읽으며 스스로 예수님을 믿게 되었다. 놀라운 기적이 일어난 것이다. 그 후 성경 말씀에 감화되어 신앙심이 돈독해졌다고 술회하기도 했다. '지금도 예수님이 돌아가신 것을 소리할 때면 부채를 놓고 엉엉 운다'면서 "틀에 맞춰하는 것이 아니라 풍부한 감정을 표현할 수 있는 판소리이기 때문에 가능한 일"이라고 말했다.

(기독공보 이상훈 기자와의 인터뷰에서 따옴)

이 같은 기획에 대해 교계의 반응은 냉랭했었다. 거룩한 성경 말씀을 광대놀이 하는 소리꾼이 부르게 한다는 것은 종교적인 신성성神聖性에 반한다는 견해였다. 그럼에도 불구하고 명창 박동진 씨는 스스로 곡을 붙여 장장 4시간에 걸쳐 완창했다. 이 방송이 전파를 타고 퍼지자 교계뿐만이 아니라 일반 국악 애호가들의 큰 호응을 받았다. 요즈음 시쳇말로 대박을 친 것이다.

판소리란 무엇인가. 소리꾼(광대)이 고수(북치는 사람)의 장단에 맞추어 소리(창)와 재치 있고 익살맞게 아니리(소리꾼이 판소리 한 대목에서 다른 대목으로 넘어가기 전에 사설을 엮어가는 것)로 구연口演하며 너름새(소리꾼이 판소리의 극적 내용에 맞춰 몸짓으로 연기하는 행동)하는 전래의 해학적 연예이다. 판소리는 서민들의 삶에 신바람을 넣어주는 해학적 장르로 발전시켜 온 민족의 놀이가 된 것이다.

그는 판소리 '예수전' 외에도 '팔려가는 요셉', '모세전' 등 성경 말씀을 판소리로 제작 직접 출연한 장로이다.

판소리 '예수전'을 비롯 보다 많은 성가곡들이 판소리로 번안하여 많은 교회에서 판소리 축제의 판을 열었으면 하는 바람이다.

"얼시고 좋다, 할렐루야, 예수님과 함께라면-"

다시 한 번 광야의 기적을 이루는 날을 지켜보자.

운보 김기창 화백은 예수님의 생애를 화폭에 담았다. 갓을 쓰고 두루마기를 입은 남성과 치마저고리를 입은 여성을 등장시켰다. 한국인의 건축양식인 마구간이나 전래 복식으로 채색한 것은 장소성場所性에 대한 발상의 전환이었다.

예술가들의 창조적 발상력이 신앙심을 함양하는데 크게 이바지할 수 있음을 보여주는 사례들이다.

박이도

1962년 「한국일보」 신춘문예 당선/평안북도 선천에서 태어남/『회상의 숲』『북향北鄕』『폭설』『바람의 손끝이 되어』『시집:불꽃놀이』『안개주의보』『홀로 상수리나무를 바라볼 때』 등, 대한민국문학상, 한국기독교시인협회문학상, 경희대 국문과 및 동대학원 졸업
현) 경희대 국문과 명예교수

박두진의 詩碑

낙엽송

혜산(兮山) 박두진(1916.3.10~1998.9.16)

가지마다 파아란 하늘을
받들었다.

파아란 새순이 꽃보다 고웁다
청송이라도 가을이 되면
홀홀 낙엽진다 하느니
봄마다 새로 젊는
자랑이 사랑웁다

낮에는 햇볕 입고

밤에 별이 소올솔 내리는

이슬 마시고

따뜻한 새순이

여름으로 자란다

(부산 성지곡어린이대공원 산림욕장에 세워진 박두진의 낙엽송 시비)

부산광역시 성지곡어린이대공원 산림욕장에 박두진의 낙엽송 시비가 있다. 이 시비는 시민들의 정서순화를 위한 배려로 부산광역시에서 1991년 7월에 건립 제막되었다. 1990년에 5인의 시비와 1991년에 5인의 시비 건립으로 모두 10인의 시비를 건립하였다.

비신과 대석 모두 자연석을 활용하여 너비 85cm 높이 1m 40cm의 비신에 서정환의 글씨로 음각했다.

박 시인의 호는 혜산(兮山). 경기 안성 출신으로 연세대 우석대 이화여대등의 교수를 지내다 정년퇴임했다.('75) '낙엽송'등 5편의 시로 '문장(文章)'('39)지를 통해 등단했다.

초기엔 새로운 자연의 발견으로 이상향에 대한 열렬한 승화를 추구하였으나 광복 후 '해'를 전후하여 기독교적 이상을 결부시켰다. 민족문학을 옹호하가 위하여 김동리 조연현 서정주 박목월 등과 더불어 조선청년문학가협회 결성에 참여(1946.4.4). 1949년에는 한국문학가협회 결성에도 참여했다. 1955년에는 동 협회 시분과위원장으로 활동했다. 산 바다등의 자연과의 친화와 교감을 산문조로 읊어 박목월 조지훈 등과 함께 세칭 청록파(靑鹿派) 시인으로 알려졌다. 6.25 이후 부터는 반공등 역사적 의식이 짙고 부조리와 불합리에 분노 저항의 모습으로 바뀌었다. 불같은 정의감의 분노와 비판 의식은 후기 시집 '거미와 성좌(1962 대한기독교서회)' '인간밀림(1963 일조각)'등에 잘 나타났다.

자유문학상(1956) 삼일문화상(1970)등을 수상하였고 작품집으로 청록집 해 거미와 성좌 인간밀림 하얀 날개 시와 사랑 수석열전 고산식물 사도행전등 다수가 있다.

연세대학교 교수로 있다가 1960년 4·19 당시 학원분규로 물러나게 된다. 그 뒤 우석대학(후에 고려대학교와 합병)과 이화여자대학교 교수를 거쳐서 1972년 다시 연세대학교 교수로 돌아와 근무하다가 1981년 정년 퇴임했다. 이후 말년까지 단국대학 초빙교수(1981~1985)와 추계예술대학 전임대우교수(1986~96)를 역임하기도 했다. '향현 香峴' '묘지송 墓地頌' '낙엽송 落葉頌' '의蟻' '들국화' 등 5편의 시작으로 「문장文章」을 통해 정지용(鄭芝溶)의 추천으로 시단에 데뷔했다.

조지훈(趙芝薰)·박목월(朴木月) 등과 함께 '청록파(靑鹿派)'의 한 사람이다. 8·15광복 후 공산주의를 신봉하는 좌익계의 조선문학가동맹에 맞서 김동리(金東里)·조연현(趙演鉉)·서정주(徐廷柱) 등과 함께 우익진영에 서서 1946년 조선청년문학가협회의 결성에 참여했고, 이어 1949년 한국문학회협회에도 가담하여 시분과위원장을 지내기도 했다.

시집으로 조지훈·박목월 등과 함께 펴낸 「청록집靑鹿集」(1946)을 위시 「해」(1949)·「오도午禱」(1954)·「박두진시선」(1955)·「거미와 성좌(星座)」(1961)·「인간밀림人間密林」(1963)·「청록집·기타」(1967)·「청록집이후」(1967)·「Sea of Tomorrow」(영역선시집, 박대인 역, 1971)·「고산식물高山植物」(1973)·「사도행전使徒行傳」(1973)·「수석열선水石列傳」(1973) 등이 있다.

또한 「속(續)·수석열전(水石列傳)」(1976)·「야생대野生帶」(1977)·「박두진전집」(시부문, 전10권, 1981)·「포옹무한抱擁無限」(1981)·「나 여기에 있나이다 주여」·「청록시집」(1983)·「한국현대시문학대계」(박두진시집, 1983)·「일어서는 바다」(1986)·「불사조의 노래」(1987)·「폭양에 무릎 꿇고」(1995)·「당신의 사랑 앞에」(유고시집, 1999) 등이 있다. 이들 가운데는 이미 시집에 실린 작품들을 총 정리한 전집을 비롯하여 중복되는 시선집도 몇 권 있다. 수필집으로는 「시인의 고향」(1958)·「생각하는 갈대」(1970)·「언덕에 이는 바람」(1973)·「하늘의 사랑 땅의 사랑」·「돌과의 사랑」(1986)·「그래도 해는 뜬다」(1986)·「햇살, 햇별, 햇빛」 등과, 시론집으로 「시와 사랑」(1960)·「한국현대시론」(1970)·「현대시의 이해와 체험」

(1973) 등이 있고 1994년 9월 문학과 함께 살아온 참회록으로 「문학적 자화상」이라는 수상집을 도서출판 한글에서 발행함으로써 산문집으로는 마지막으로 생각된다.

이들 작품을 총정리하여 「고향에 다시 갔더니」,·「여전히 들은 말이 없다」,·「숲에는 새 소리가」,·「밤이 캄캄할수록 아침은 더 가깝다」,·「현대시의 이해와 체험」,·「한국 현대시의 감상」,·「시적 번뇌와 시적 목마름」 등과 같이 7권의 전집으로 묶어 1995년 10월 신원문화사에서 간행하기도 하였다.

(天燈文學會長)

이진호

兒童文學家 文學博士/충청일보 신춘문예 데뷔('65),제11회 한국아동문학작가상('89), 제5회 세계계관시인대상, 제3회 한국교육자대상, 제2회 표암문학 대상, 제1회 국제문학시인 대상, 시집:「꽃 잔치」외 5권, 동화집:「선생님 그럼 싸요?」외 5권, 작사작곡 411곡 집필 '좋아졌네 좋아졌어' 외

어머니

정 한 모

감상평 **박종구**

어머니는 눈물로
진주를 만드신다.

그 동그란 광택의 씨를
아들들의 가슴에 심어 주신다.

씨앗은
아들들의 가슴 속에서
벅찬 자랑 젖어드는 그리움
때로는 저린 아픔으로 자라나
드디어 눈이 부신
진주가 된다.
태양이 된다.

검은 손이여
암흑이 광명을 몰아내듯이
눈부신 태양을
빛을 잃은 진주로

진주를 다시 쓰린 눈물로
눈물을 아예 맹물로 만들려는
검은 손이여 사라져라.

어머니는
오늘도 어둠 속에서
조용히 눈물로 진주를 만드신다.

조개의 아픔이 진주를 만들듯 어머니의 눈물 또한 진주를 만든다. 그래서 그 눈물은 아픔이며, 인내며, 사랑이며 희생이다. 어머니의 눈물은 투명하다. 그리고 빛이 있다. 그 빛 속에 생명이 있다. 그래서 그 눈물은 옥토에 떨어져서 30배 60배 백배의 결실을 가져온다.

옥토는 어디인가. 아들딸의 가슴이라고 시인은 고백한다. 그 가슴에 떨어진 씨앗은 더러는 벅찬 자랑으로, 더러는 젖어드는 그리움으로, 더러는 저린 아픔으로 세월과 함께 오롯이 진주를 키운다.

그러나 그것은 손바닥 뒤집듯 쉬운 일이 아니다. 눈물의 씨앗을 뿌리는 그 작업에, 혹은 그 씨앗을 받은 밭에 가라지를 뿌리는 원수가 있다. 시인은 그것을 검은 손이라고 지적했다. 눈물(씨앗)을 맹물로 만들려는 검은 손의 공작, 그래서 진주는 더욱 값지고 눈부신 것이 아닐까.

이 땅의 어머니들은 시인의 노래처럼 오늘도 어둠 속에

서 씨알을 떨구는 고독한 작업을 빛도 없이 이름도 없이 조용하게 이어 가고 있다.

예수는 가버나움에서 군중을 가르치고 있었다. 고향에서 어머니와 동생들이 찾아왔다. 그때 예수는 군중에게 이렇게 말했다.

누가 내 모친이며 동생들이냐, 하나님의 뜻대로 행하는 자들이 내 모친이며 동생들이니라.

이는 가정의 확장, 곧 가정의 완성을 선언한 장면이다. 누가 우리의 어머니인가. 우리의 가슴에 눈물을 심는 자이다. 가난 때문에, 현실이 힘겨워서, 맺힌 한이 서러워서, 어떤 억울함 때문에, 속상한 일상 때문에 떨어뜨리는 눈물을 넘어서서, 보다 순수하고, 원초적이며 본질적인 그 눈물을 우리의 미래에 심는 자는 우리의 어머니이다.

이런 어머니가 있어서 우리의 마음 밭은 황폐되지 않는다. 이런 어머니 곁에서 진주를 만드는 오늘은 행복하다. 사랑스럽다.

박종구

경향신문 동화 「현대시학」 시 등단,
시집 「그는」 외, 칼럼 「우리는 무엇을 보는가」외 한국기독교문화예술대상, 한국목양문학대상.
월간목회 발행인

고집과 정체성

강 덕 영

옛 속담에 '미련한 사람은 고집이 세다'는 말이 있다. 자신의 생각보다 더 좋은 의견이 나와도 끝까지 자기 의견을 고집하는 경우를 보고 하는 말이다. 주변에 이처럼 자기 생각만이 옳다고 끝까지 우기는 사람들이 많다.

그런데 보통 이렇게 자기 의견을 주장하려면 깊은 식견과 지식이 바탕이 되어야 가능하다. 지식이 적으면 사고의 유연성도 부족해 남의 것을 쉽게 받아들이지 못하게 된다. 보는 시야가 줍기 때문이다.

사실 서로 상대방과 수준이 비슷하면 대화가 쉽다. 결론까지 이르기가 매우 빠르다. 생각의 방향과 목적이 같을 때 일이 훨씬 수월하게 이뤄지는 것이다.

이런 점에서 개인이 가지고 있는 정체성이 매우 중요하다고 할 것이다. 우리는 이것을 가치관이라 부르는데 과거의 자신의 기억과 지식에 근거하게 된다. 또 개인이 아닌 국가가 지닌 기억을 우리는 역사라고 한다. 그렇다면 우리는 대한민국 국민으로서 또 신앙인으로서 분명한 정체성을 갖고 있는지 묻고 싶다.

이스라엘에는 민족 고유의 기억이 있다. 애굽에서 종 노릇하던 때 하나님이 홍해 바다를 건너도록 구원해주신 은혜가 바로 그것이다. 또한 광야에서 헤맬 때 구름 기둥과 불기둥으로 인도해 주시고 만나와 메추라기를 공급해 주시며 먹을 물을 주시고 젖과 꿀이 흐르는 가나안 땅을 주신 은혜도 있었다. 성경은 이것을 기억해 내어 하나님의 말씀에 순종하고 하나님만 섬길 것을 요구한다.

나는 이런 점에서 우리 개인의 신앙도 미찬가지라고 생각한다. 하나님의 보호와 도우심을 받고 큰 어려움을 이겨낸 사람은 신앙을 지키기 쉽다. 이 연단을 이겨낸 승리의 신앙인을 꼽으라면 나는 주저 없이 손양원 목사님을 떠올린다.

손양원 목사님은 자신의 두 아들이 공산당에 죽임을 당했음에도 오히려 아들을 죽인 자를 자신의 양아들로 삼았다. 그것만이 아니다. 감염을 무릅쓰고 한센병 환자들을 평생 돌봤고, 6·25 한국전쟁 중에 공산당에 순교당한 기록이 생생하게 남아 있다. 그래서 손 목사님을 일명 '사랑의 원자탄'이라 부르기도 한다.

손양원 목사님은 하나님의 가르침을 확실히 자신의 정체성으로 만들고 그것을 실천한 분이시다. 성경대로 믿고 따른 우직한 신앙의 실천가로 미련해서 고집이 센 것이 아니라, 자신의 주인이신 예수님의 명령을 자신보다 더 귀중하게 여긴 것이 삶으로 흘러나왔기 때문이다. 그것이 바로 신앙의 정체성으로 자리를 잡은 것이다.

대한민국의 정체성도 바로 알아야 한다. 기독교인인 이승만 대통령이 초대 대통령이 되어 건국한 대한민국은 수많은 선교사들이 한국에 들어와 교육과 의술, 문화를 심어 발전되어 오늘에 이르렀다. 오직 성령의 인도를 받아 죽음을 무릅쓰고 태평양을 건넌 청년 선교사들의 헌신과 열정, 순교가 오늘의 대한민국을 이루었다는 정체성을 결코 잊어서는 안 된다는 사실이다.

우리는 각자의 상황에서 분명한 정체성을 가질 때 그 정체성이 내 삶과 생각에 영향을 미치고 또 행동으로 이어지게 한다. 우리 모두 신앙관과 국가관에 대해 거룩한 고집과 정체성을 가짐으로써 삶과 신앙에서 승리했으면 좋겠다.

강덕영

「한국크리스천문학」 등단, 저서 『그럼에도 불구하고 할 수 있다』 외 다수, 한국외국어대학교에서 국제통상학 전공, 경희대학교에서 경영학박사학위 취득. 한국 외국어대학교 총동문회장, 대한신학대학원대학교 이사장, 성균관대학교 겸임교수 역임. 석탑산업훈장, 기업윤리대상, 모범납세자 산업포장 등 수훈, 2019년 경기도 광주 2만여 평에 히스토리 캠퍼스 건립, 역사박물관과 성경박물관, 노아의 방주, 솔로몬 성전, 콘서트홀, 야외 공연장 설립.
현) 한국유나이티드제약(주) 대표이사, 유나이티드문화재단 이사장

침묵 응답

맹숙영

울며 부르짖는
기도에도
침묵으로 응답하시는 분
몇 천 년 똑 같으시다

침범할 수 없는
무거운 위엄
기도의 응답은
침묵으로 주신다

주의 때를 기다리는
믿음만이
침묵으로
응답 받는다

맹숙영

* 「창조문학」 등단, 성균관대학교 졸업, 한세대 대학원 졸업 문학석사, 한국크리스천문학 부회장, 좋은시공연문학 부회장, 여의도순복음교회 권사, 시집:아직 끝나지 않은 축제」 「아름다운 비밀」등 7권

벚꽃 웃음소리

황화진

임 찾아가는 길에
내 집 앞을 지나시나
길가에도 언덕에도
구름인 양 꽃물결

송이마다
매달린 벚꽃들 웃음소리
손잡고 꽃길 가는
연인들은 수채화

흐드러진 벚꽃 향기
떠오르는 옛 추억
봄마다
넘치는 하나님 축복.

황화진

안양대학교신학부, 한국방송통신대학교 농학과졸, 평택대학교
대학원 사회복지학 명예 신학박사. 한국문단 수필데뷔. 「그곳은
마게도냐였다」, 외 10여 권. 가곡 20여곡 작사 작곡 저작권 등
록필. 대한예수교장로회 중부노회장을 3선역임. 수원서부경찰
서 경목실장, 경목위원장 2회 역임.
현) 한국기독경찰동문회 총재. 이스턴라이트대학교 대학원장 메인 사역.
강은교회 담임목사

기후와 환경오염

전홍구

동해에서 놀던 물고기 떼
남해 돌아 서해로 가고

굴뚝 연기 아련한 노스탤지어
매연으로 꿈 잃은 고향 하늘

공장에서 가정에서 쏟아내는 오염폐수
기름 범벅 찌꺼기로 지구는 중병 앓고

빙하 녹고 수온 높아도
옷 벗고 놀 수 없는 남이 된 바다.

전홍구

「문예사조」시, 수필 등단, 한국문인협회 회원, 국제PEN 한국본부 회원, 한국크리스천문학가협회 이사, 국보문학 자문위원, 사단법인 한국서각협회 초대작가, 서울시인협회 이사. 한국민족문학상대상, 세종문화예술 대상, 대한민국 장애인문학상 공모 대상, 시집 「개소리」, 「원무막」, 「나뭇가지 끝에 걸린 하늘」, 「속이 빨간 사과」, 「먹구름 속 무지개」, 「그래도 함께 살자고요」

꾸안꾸

남 춘 길

'꾸안꾸'라는 낱말은 외래어 같지만 꾸미지 않은 것처럼 꾸민다는 우리말의 신생조어다. 꾸안꾸 스타일이라 표현하는 패션 용어, 꾸민 듯 안 꾸민 듯한 고수들의 옷차림을 일컫는다. 유행을 따르지 않는 듯 조용하고 무난한 듯한 점잖은 옷차림, 화려한 색채도 요란한 무늬도 아닌 옷을 입은 사람 자체가 귀한 분위기를 나타내는, 존재 자체가 고급스러운 분위기를 자아내는 옷차림이다.

화장하기에도 해당하는 화장을 한 듯 안 한 듯 자연스런 얼굴, 생 얼굴은 아니지만 은은하고 투명한 피부 톤을 유지하는 이 또한 차원 높은 화장술이다.

무늬 없는 무채색의 옷 한 벌을 입고 반지도 목걸이도 귀걸이도 브로치도 착용하지 않아도 명품 시계 하나로 포인트를 준다든지 아니면 액세서리 여러 가지 중 한 가지로만 착용해 단순하지만 조용하고 고급스러운 분위기를 연출한 옷차림을 말한다. 아마도 이런 귀한 분위기는 타고나야 하는 것이 아닐까 싶기도 하다.

타고난 금수저의 귀족이 아니더라도, 값비싼 명품이 아

닐지라도 자신의 느낌과 눈썰미로도 꾸안꾸를 실천할 수 있지 않을까, 얼룩덜룩 무늬가 요란한 겉옷에는 무늬 없는 스웨터를 안에 입어준다든지 무늬가 있는 화려한 옷에는 브로치를 달거나 목걸이 등은 삼가야 한다든지 간결하고 조용한 무채색의 옷차림이 꾸안꾸의 연출을 할 수 있는 안목이다.

사람은 누구나 자기 나름대로의 아름다움과 멋 내기에도 기준을 갖고 있을 터이다. 자기 외모에 대한 자존심, 자기 스타일이랄까 이자들 외모에 대한 현대판 솔로몬의 명재판을 읽고 폭풍 공감으로 무릎을 친 적이 있다.

만원 버스에서 자리 하나를 갖고 두 여자가 다툼이 났다. 여자 차장이 중개에 나섰으나 결론이 나지 않아 기사가 심판에 나섰다. 기사 왈 큰 소리로 "못생긴 여자를 앉히도록 한다." 끝까지 그 자리는 비어 있는 채로 달리고 있었다. 이것이 어떤 여자든지 갖고 있는 자존심이고 지니고 있는 아름다움을 향한 열망이다.

나이와도 상관이 없는 것 같다. 오래 전 노 권사님들을 어머니처럼 가깝게 모실 때 생신 때나 외국 여행 후 선물을 드릴 때 젊어 보이는 소지품이나 화장품을 그렇게 좋아하셨다. '늙어도 여자는 여자란다' 말씀 하시면서' 내가 그 나이가 되어 보니 알 것 같다.

화장이나 옷차림이 요란해 눈살이 찌푸려지는 사람을 보면 속으로 어떻게 저렇게 요란한 옷을 입고 저렇게 진한 화장으로 자신을 나타내려 할까 딱한 생각이 들곤 한다

사람도 떠들썩하고 말이 많은 사람은 실속이 없다. 아는 체, 자랑이 심하고 훈수 두기를 즐기는 사람은 꼰대 취급을 받기 일쑤다. 경우에 따라서 적당한 유머를 섞어 분위기를 화기애애하고 부드럽게 주위를 즐겁게 만드는 유머 감각도 머리 회전이 빠르고 타고난 순발력이 있어야만 가능한 일이다.

나이 들어 조심하여야 할 행동강령에는 입은 닫고 지갑은 열라는 말이 있다. 알고 있지만 우리 세대 사람들은 배고픈 시대를 살아 왔기 때문인지 버려야 할 것도 버리지 못하고 무조건 아끼는 궁상스런 버릇을 지니고 있다.

너 나할 것 없이 6.25전쟁을 거쳐 가난한 시대를 살았던 최빈국의 나라에서 도움을 주는 나라로 탈바꿈해 세계 7대 부국이 되는 기적의 나라가 되어 있다. 100년도 채 안 되는 기간 동안 이렇게 깜짝 놀랄 삶의 변화를 겪은 세대는 아마도 세계에서 대한민국의 우리 세대밖에 없을 것이다.

그렇다고 지금 우리 모두가 행복한가? 그건 아니지만 편리하고 깨끗한 지하철, 어디서나 마음대로 사용할 수 있는 지하철 화장실, 길거리나 지하철에서 마주치는 이들

도 도시나 사골사람이나 똑같이 예쁜 옷차림과 멋스러운 모자를 착용하고 있다.

앞으로는 상류층 사람들만의 모습 같은 세련된 꾸안꾸의 옷차림이나 투명한 화장의 모습이 서민들의 생활 속까지 들어와 자리 잡았으면 하는 바람을 가져보아도 될는지?

남춘길

* 「문학나무」 등단, 수필집 『어머니 그림자』, 시집 『그리움 너머에는』, 범하문학상 수상, 정신여중고 총동창회장 역임, 한국문협 회원, 서울시 청소년 선도위원, 순국선열 김마리아 기념사업회 이사, 남포교회 권사

전원일기

신 외 숙

나는 유튜브를 통해 80년도부터 20년간 방영되었던 국민 드라마 전원일기를 시청하고 있다.

혁신적인 전자문명 시대에 전원일기는 순수성과 인간애를 일깨우는 휴먼 드라마라 할 수 있다. 작금의 막장 드라마에 비하면 고전적인 측면이 있긴 하지만 이웃사랑과 소통이라는 점에서 많은 것을 시사해 주고 있다. 전원일기에 나오는 인물들은 끈끈한 이웃 공동체로서 멀리 떨어져 사는 가족보다 훨씬 낫다.

그들은 이웃의 고통이나 어려움을 결코 나 몰라라 하지 않는다. 바쁜 농사철에는 서로 품앗이를 하고 경조사 때에는 모두가 팔을 걷어붙이고 돕는다. 가족을 위해 희생하는 건 기본이고 동네에 독거노인이나 어려움에 처한 사람이 있으면 일심동체가 되어 나서서 돕는다.

남의 가정사라 해서 방관하거나 뒷말하지 않는다. 어른을 향한 깍듯한 공대와 섬김은 시청자들에게 효와 예를 가르치고 이웃을 향한 배려와 돌봄은 종교적 사랑을 웃돌고 있다. 이웃에게 마실 갔다가 저녁밥을 얻어먹고 늦게 돌아오는가 하면 탈선의 기미만 보여도 충고와 책망을 아끼지

71

않는다.

　그들에게 이웃은 손해나 이익을 넘어선 상호 의존관계처럼 보인다. 다툼이 있다가도 금세 화해 무드가 조성되고 상황은 역전된다. 어느 구석에도 극도의 개인주의는 찾아볼 수가 없다. 이웃은 관심을 가지고 살아가는 거대한 공동체다. 마을길을 지나다가도 서로의 안부를 묻고 관심사를 공유한다. 하지만 전면에는 가부장적인 사상이 있음을 부인할 수 없다. 평생을 시부모 봉양과 농사일로 청춘을 바친 김회장의 아내 김혜자의 일성(一聲)이 그것을 말해 준다.

　난 내 청춘을 이 집안을 위해 바쳤다고 하며 처음으로 시어머니에게 항의성 발언을 한다. 시어머니의 팔죽에 새 알심이 빠진 것을 기화로 때 아닌 시집살이 곤욕을 치르며 쌓였던 불만이 터져 나온 것이다. 그녀는 늙은 시어머니의 십섭힘을 풀기 위해 입맛 돋우는 음식을 대령하지만 매번 퇴짜 맞는다.

　시어머니가 서울에 있는 큰딸네 집에 간 뒤 며칠째 내려오지 않자 큰 걱정을 하며 남편과 함께 시어머니를 모시러 올라간다. 시어머니가 치매로 자리에 누워 오줌을 지리자 안타까움에 눈시울을 적시며 손수 이불 빨래를 한다.

　그러한 김혜자의 모습은 효의 본보기가 되어 며느리 고두심도 시부모를 지극정성으로 섬기며 시대의 효부상을 보여주고 있다. 서울에서 대학교 학부를 나온 고두심은 시골 종갓집 맏며느리 역할을 하며 헌신적인 가족 사랑을 보여주는데, 그런 일은 80년대만 가능했던 것일까?

시어머니 김혜자는 그런 아들 부부를 자랑하며 흐뭇해한다.

"우리 아들은 행정학과 나왔구요, 며느리는 대학교에서 사학과 나왔어요."

약방에 감초처럼 동네에 또 다른 효부가 있다. 일용네다. 일용네의 아내는 타고난 부지런함으로 살림과 재산을 늘려나가지만 역시나 시어머니의 화살은 피해 가지 못한다. 약간은 우둔한 듯 보이는 그녀는 위기에 처할 때마다 극적 반전을 이루며 가정을 지킨다.

알뜰살림꾼으로 전형적인 농촌 주부상을 보여주고 있다. 쌍봉댁과 응삼의 사랑도 눈길을 끌며 끈끈한 사랑과 정을 느끼게 한다. 쌍봉댁은 한때 과부였다는 이유로 시어머니로부터 상처와 외면을 당한다. 하지만 곧바로 착하고 너그러운 마음씨로 얼음 같은 시어머니의 마음을 녹이고 웃음 짓게 한다.

또한 응삼은 아내의 상처를 감싸 안고 위로하며 가슴 뭉클한 감동을 전해준다. 아내가 집을 나간 도마네는 아들을 홀로 키우며 살아가는데 가슴 짠한 아픔을 전해준다. 객지에 나가 있는 아들이 오랜만에 고향에 들를 때면 동네 최고 어른인 김회장댁 할머니에게 데리고 가 인사를 시킨다. 어른에 대한 예우를 가르치며 어른은 젊은이에게 덕담과 격려를 한다. 동네나 집안에 질서를 깨뜨리는 불상사가 발생하면 누구든 김회장의 부름을 받는다. 어른의 꾸중과 훈계를 들은 젊은이는 곧장 무릎을 꿇고 반성한다. 남의 개인사에 웬 간섭이냐고 항의할 법도 한데 곧장 어른의 말씀에 순종한다.

예전에는 그런 일이 가능했던 것이다. 지금은 노인이 젊은이에게 버릇을 가르쳐 들려 했다가는 목숨을 걸어야 할 판이다. 실제 전철 안에서 못된 젊은이에게 야단을 쳤다가 폭행당했다는 소식을 들어도 놀라는 사람이 별로 없다. 오히려 노인의 무모함을 지적할 뿐이다.

요즘 세상에 노인의 말에 순응하는 젊은이가 어디 있다고 나서느냐며 노인네를 질책한다. 그건 나의 부모님 시대에나 가능했던 일이다. 고령화 시대에 접어들면서 노인 혐오증마저 생겨나는 세상이다. 노인이라고 해서 예전의 상식을 가지고 행동했다가는 어떤 위험에 처할지도 모른다.

나는 7080 세대이긴 하지만 전원일기에 나오는 그런 삶을 살지는 않았다. 농촌이 아닌 서울에서 생활했고 공동체 의식이 결여된 개인주의적인 삶을 살았다. 그런데 전원일기를 시청하는 내내 가슴 속에 울림이 있었다. 이웃과의 소통이 왜 중요한지 새삼스레 깨닫게 되었다.

현세대는 공동체 의식이 결여된 채 살아가고 있다. 몇 년 전 고려대 출신 여성과 대화한 적이 있었다. 예전에는 연고전(연세대학교와 고려대학교와의 체육대회)이 세간의 관심사였다. 최고의 사학 명문인 두 대학의 체육대회가 열릴 때면

온 언론매체가 중계방송을 했고 동문출신들도 관심이 집중되곤 했었다. 그런데 언젠가부터 동문들의 관심이 시들해지더니 아예 사라져버렸다고 한다.

이유는 학교 동문이라는 공동체 의식이 사라진 것이다. 나도 모교와 관한 소식이 들려와도 그다지 큰 관심이 쏠리지 않는다. 동창회에 참석하라는 카톡이 와도 그냥 지워버린다. 예전에는 교회 공동체 임원선출에 서로 나서려고 했지만 지금은 서로 안 맡으려고 한다.

시간과 물질 인간관계에 마음 쓰고 싶지 않다는 표시이다. 나에게도 그런 제의를 오면 거절하고 만다. 무엇보다 인간관계에 힘쓸 시간적 심적 여유가 없기 때문이다. 모임도 중요한 모임 외에는 가급적 피한다. 코로나로 인해 이런 단절 현상은 더 심화되는 것 같다.

온라인 예배니 현장 예배니 하는 단어가 생겨나면서 예배에 대한 인식도 달라졌다. 온라인이라는 새로운 예배 형식이 생겨나면서 많은 게 바뀌었다. 예배드리는 성도가 시청자적인 입장으로 바뀌면서 군이 교회 출석을 해야 하나 하는 식으로 생각하는 부류도 있다고 한다.

교회가 코로나 진원지가 된 것처럼 매체가 떠들어대면서 예배 출석 인원도 급격히 줄었다고 한다. 내가 살던 동네 교회는 코로나가 시작되면서 거의 1년 가량 교회를 폐쇄하더니 급기야 공고문이 나붙었다. 교회 건물 내에 있는 상가를 임대한다는 것이었다.

정부 시책에 적극 협력했을 뿐인데 이상한 현상이 나타난 것이다. 세상은 인터넷과 유튜브의 발달로 점점 소통 수단이 편리해지고 있다. 시초는 아무래도 전화가 아니었던가 싶다. 전화로 안부와 인사치레를 대신 했기 때문이다. 요즘은 웬만한 연락은 카톡이나 문자메시지로 한다.

굳이 전화 통화를 할 필요를 느끼지 못한다. 내가 등단할 당시인 27년 전만 해도 공지사항은 우편으로 받았었다. 지금은 카톡이나 홈페이지로 대신한다. 그만큼 우편으로 하는 수고는 던 셈이지만 정은 점점 더 메말라져 가는 것만 같다. 개인주의는 점점 팽배해져 가고 공동의 관심사가 아니면 대화마저도 안 하려 든다.

나는 이사 오기 전까지 노량진에서 살았다. 우리집은 다가구 주택으로 여러 가구가 살고 있었는데 나는 그중 누구도 기억하지 못한다. 이웃집도 마찬가지다. 어쩌다 아는 이웃을 만나도 고개를 까딱하고 지나치는 정도였다. 그런데 상도동 빌라로 이사 왔는데 아래층에 사는 노부부가 커피나 한잔하자며 먼저 인사를 해서 속으로 놀랐다.

노부부는 만날 때마다 친절과 웃음을 보이는데 현관에 천주교교패가 붙어 있다. 우리 앞집에는 홍제동 교회 교패가 붙어 있는데 만나면 꼭 인사를 건넨다.

커피 한잔 하실까요? 언제 시간이 되세요?

바빠서요.

이 정도면 대인기피증도 심한 편이다.

반면 고양이는 끔찍하게 위한다. 나뿐만이 아니다. 소통이 불통이 될수록 반려동물 사랑은 급증하는 양상이다. 사람 대신 동물과 교류하며 이기적인 감정에 몰입하는 것이다. 동물은 말은 못하지만 상처는 주지 않는다는 이유에서다. 이익 집단이나 신앙 공동체도 마찬가지다.

관심사가 같은 부류끼리는 소통이 잘 되지만 그렇지 않은 경우는 거의 무관심한 상태에서 지낸다. 서로 긴밀한 상관관계도 없는데 관심을 보이면 부담스러워 한다. 곧장 난색을 표하며 남이야 하며 기분 나빠하는 경우마저 생긴다. 나 역시 다른 사람에게 쓸데없는 관심은 보이지 않는 걸 원칙처럼 하며 살아간다. 상대의 처지도 모르면서 가족사나 과거에 대한 질문은 삼가는 게 좋다.

그럼에도 사람은 결코 혼자서는 살아갈 수 없는 존재이다. 특히 위기를 만났을 때 가족이나 이웃의 도움은 절대 필요하다. 그러기 위해선 평소에 소통을 잘해야 한다. 신앙 공동체에 중보기도가 필요한 이유도 다 여기에 있다. 무엇이든 심는 대로 거둔다는 말씀이 있다.

지금 지방이나 시골에는 공동화 현상이 심각하다고 한다. 토착민들이 사망하면서 살던 집이 그대로 방치되는 것이다. 이사 올 사람이 없으니 방치되는 곳이고 집주인의 자녀들도 집을 팔 생각을 안 하다 보니 마을은 점차 비어가다 마침내 버려진 채로 남겨지고 마는 것이다.

의성시에는 지난해 신생아 출생이 단 한 명도 없었다고

한다. 해마다 빈집이 늘어나 마을 전체가 공동화 되는 곳도 늘어나고 있다. 그리고 농촌에서는 외국인 근로자가 아니면 제때 농사도 못 짓는다고 한다. 외국인 신부를 수입해 왔다가 야반도주하는 경우도 있고 이혼한 자녀 부부 대신 어린 손주를 키우는 노부모도 있다고 한다.

조석변의 인심에다 무너진 충효사상이야 더 말할 필요가 있겠는가. 그래도 사회 한구석에는 어둠 속에 빛을 밝히는 공동체도 있다. 십시일반 동참하다 보면 좋은 세상이 오리라 믿는다. 전원일기에서 보여준 것 같은 좋은 이웃을 기대하면서 나 먼저 손을 내밀어야지 다짐해 본다.

신외숙

* 기독교 심리작가. 등단 이후 2편의 장편소설과 135편의 중 단편, 에세이, 시나리오 창작 발표, 심리소설에 천착.
* 순수문학상. 엽서 문학상 수상. 만다라문학상. 크리스 천문학 이계절의 우수상. 2000년 문예진흥 기금수혜자.

남의 속도 모르고

현 의 섭

예상한 그대로다.

첫 출석한 100석쯤의 교회 앞자리 둘째 줄에 앉은 것은 일찍 갔기 때문인데 사오십 대로 보이는 미남형의 목사님 시선이 낯선 나와 몇 번 만났다. 나는 조금 불편을 느꼈다. 다음 주일 부터는 예배 10분 전쯤 와서 뒷자리에 앉아야겠다고 생각하였다.

예배가 끝나고 나가는데 중년의 여인이 내 손을 부드럽게 잡으며 편안한 표정으로 차 한 잔 하고 가세요 하는데 그 말이 채 끝나기도 전에 단정하고 우아하게 보이는 그 또래쯤의 여인이 닥아 왔다.

"우리 사모님이세요."

"반갑습니다. 이 동네로 이사 오셨죠?"

"어떻게 아세요?"

"어제 마트에 다녀오다가 남편분과 C동 앞 이삿짐 차 옆에 서 계신 걸 봤어요. 남편 분은 정리하시느라 못 나오신 거죠?"

"개는 동생입니다. 도와주러 왔다가 늦게 갔어요."

첫 날, 나는 완전히 엮였다. 교회에서 점심도 먹고 목사님께 안내되어 인사도 하고 여전도회 집사님들과 차도 마셨다. 얼마 안 되는 이삿짐을 동생이 잘 정리해주고 세 살짜리 아들을 데리고 갔으므로 나도 여유로웠다.

"미인이세요. 부럽다!"

중년이 채 안 된 여인이다.

"박 집사도 미인인데 뭘."

편안하게 농담도 하는 좋은 분위기와, 연립주택 C동에서 골목으로 불과 150여 미터 정도의 가까운 교회여서 그날 여전도회장의 권유를 받아 등록하는데 주저하지 않았다. 주일예배를 대중교통을 이용하여 멀리 가는 것을 나는 싫어한다. 목사님과 사모님과 여전도회장이라는 권사님 등 세 분이 목요일에 심방을 다녀간 후, 그러니까 출석 둘째주일의 교회 분위기가 첫 날의 예상대로 적중되어갔다.

세 살짜리 아들 하나 데리고 사는 너무너무 젊고 예쁜 안타까운 과부라는 사실을 집사들이 거의 알고 있는 게 분명하였다. 여편네들 근질거리는 세치 혀, 그것을 예상하였고, 조금 더 지나면 나에 대한 비난이 여전도회 회원이라는 집사님들 사이에 회자될 터이다.

"남편 집사님들 잘 감시해야겠네."

"맞아. 꼬리치러 온 여우같아."

"화장한걸 봐. 분장수준이잖아. 아니 변장이지 변장."

"목사님도 설교 중에 시선이 자주 가더군. 안 그래?"

"맞아. 그랬어. 사모님도 긴장하시겠네."

내가 젊고 예쁜 건 맞다. 예쁘게 생긴 게 내 죄는 아니지. 얼굴을 대충 그려도 나는 예쁜 게 맞는데 일부러 진하게 화장을 한다. 세 살짜리 아들 하나 데리고 사는 서른두 살 과부라서 진한 화장이 남자들 유혹하려는 수작이라는 비난 때문에 먼저 나가던 교회도 떠났다. 잠시지만 대형교회도 나갔었다. 수군거리는 비난은 받지 않으나 그 복잡하고 어수선한 분위기가 싫어 작은 교회를 원하였고, 이사한 동네의 가까운 교회에 등록한 것이었다. 그런데 여 집사들 분위기를 보니 예상한 그대로 너무 급속하게 흘러가서 내심 놀랐다. 심방에 동참했던 여전도회 회장과 사모님의 입에서 과부라는 게 번졌을 터이다.

"회장님, 여전도회 모임이 언젠가요?"

"다음 주일 점심 먹고 바로 모입니다. 회원으로 참여하시려면 등록 후 한 달이 지나야 됩니다. 우리 교회에 적응할 시간이죠."

"그건, 그러죠."

그러나 나는 다음 주일 여전도회 22명이 모인 자리에 불쑥 참석하였다. 모두의 시선이 내게 쏠렸다. 회장이 당황하여 한 달의 적응기간을 알려주었다고, 그런데도 저 여자가 왔으니 나도 놀랍다는 투의 언급이었다. 나는 지체 없이 앞으로 나갔다.

"회장님 말씀이 맞습니다. 저는 오늘 보여드릴게 있어서 왔습니다. 1분도 안 걸립니다."

모두들 이게 뭐지? 하는 표정이다. 나는 준비해간 손수건으로 양쪽 뺨을 박박 닦았다. 그리고는 황당해하는 얼굴들을 향애 입을 열었다.

"여러분, 남의 속도 모르고 저를 비난하셨어요. 작년 여름에 남편이 바위에 올라가 바다낚시 하다가 떨어져 사망하였어요. 제가 목격했어요. 저는 한동안 밥도 제대로 못 먹고 잠도 제대로 못 잤는데, 그러다 보니 재를 얼굴에 덮어쓴 것처럼, 지금 이 얼굴, 이렇게 주근깨가 덮였어요. 이게 다예요. 저를 젊은 과부라고 하는 것도 금해주세요. 우리 부부는 무척 사랑하였고, 지금도 저는 남편을 사랑합니다. 그러므로 저는 지금도 남편 곁에 있습니다."

현의섭

「소설문예」 등단, 장편 「죄인의 아들」, 「어찌하여 나를 버리시나이까」, 「소설 예수그리도」, 「제5복음서」 외.
한국문인협회. 국제펜, 한국소설가협회 회원, 한국 크리스천문학상 수상

사과 한 알

이 건 숙 (추천)

몹시 춥고 암울한 날이었다.

1942년 겨울. 유태인 강제 수용소에서는 다른 날들과 하나도 다를 바가 없었다. 나는 종잇장에 불과한 얇은 누더기 옷을 걸치고 추위에 떨고 있었다.

내게 이런 악몽이 일어나고 있는 것을 아직도 믿을 수가 없었다. 나는 어린 소년일 뿐이었다. 친구들과 즐겁게 뛰어놀며 수다 떨고 있을 나이.

미래를 계획하고, 성장하고, 결혼하고, 가정을 갖는 꿈에 부풀어 있어야 할 나이다. 그러나 그 꿈들은 어디까지나 살아 있는 자들의 몫이었다. 나는 더 이상 살아 있는 자가 아니었다. 집에서 붙잡혀 수만 명의 다른 유태인과 함께 이곳에 끌려온 이후로 나는 하루하루, 순간 순간을 간신히 목숨을 이어가는 거의 죽은 상태나 다를 바 없었다.

나는 철조망이 둘러쳐진 담장 곁을 이리저리 걸어다니고 있었다. 추위로부터 체온을 지키기 위해 앙상한 마른 몸을 두 팔로 감싸고서.

나는 무엇보다도 배가 고팠다. 기억할 수도 없을 만큼

너무도 오랫동안 배가 고팠다. 음식은 꿈속에나 있었다. 날마다 사람들은 사라져 갔고, 행복한 과거는 단지 꿈속의 장면에 불과했다. 나는 점점 더 깊은 절망 속으로 빠져들었다. 그 순간 철조망 건너편을 지나가고 있는 한 소녀가 눈에 띄었다. 그녀도 걸음을 멈추고 나를 바라보았다.

너무도 슬픈 눈이었다. 그 눈은 내가 처한 상황을 이해한다는 그런 눈이었다. 나는 낯선 소녀가 가련한 모습의 나를 바라보는 것이 부끄러워 고개를 돌리고 싶었다. 하지만 그녀에게서 시선을 뗄 수가 없었다. 그때였다. 그녀가 호주머니 안에 손을 넣더니 빨간 사과 하나를 꺼냈다. 예쁘고 광택이 나는 빨간 사과였다.

아, 저런 사과를 먹어본 지가 얼마나 오래 되었던가! 그녀는 조심스레 왼쪽 오른쪽을 살피더니 예쁜 미소를 지으며 재빨리 그 사과를 철조망 너머로 던졌다. 나는 얼른 뛰어가 그것을 집어 들었다. 추위에 얼어붙은 손가락을 떨면서…… 죽은 것과 다를 바 없는 나의 세계에 이 사과 한 알은 생명과 사랑의 표현이었다.

나는 그 소녀가 멀리 사라져가는 모습을 오래도록 지켜보았다. 그 다음날, 나는 자신을 억제하지 못하고 똑같은 시간에 다시 철조망 근처로 나갔다. 물론 그 소녀가 다시 오리라고 기대한다는 것이 얼마나 어리석은 생각인가를 난 알고 있었다. 하지만 그곳에 갇혀 있는 나에게는 아무리 부질없는 것일지라도 한 줄기의 희망이 필요했다. 그녀는 나에게 희망의 끈을 던져 주었고, 난 그 끈을 단단히 붙들어야만 했다. 그리고 놀랍게도 그녀가 나타났다. 그리고 또다시 그녀는 나를 위해 사과를 가져왔다.

그녀는 어제와 똑같은 부드러운 미소를 지으며 철조망 너머로 사과를 던져주었다. 이번에는 땅에 떨어지기 전에 내가 공중에서 그 사과를 받았다. 그리고는 그녀가 볼 수 있도록 그것을 높이 쳐들었다. 그녀의 두 눈이 반짝였다.

그녀가 나를 동정하는 걸까? 어쩌면 그럴지도 모르지만, 나는 그런 것에 신경 쓰지 않았다. 그녀를 바라보는 것이 그저 행복할 따름이었다. 그리고 아주 오랜만에 처음으로 난 내 가슴 속에 인간의 감정이라는 것이 싹트는 것을 느꼈다. 일곱 달 동안 우리는 그런 식으로 만났다.

어떤 때는 몇 마디 말을 주고받기도 했다. 어떤 때는 그냥 사과만 오갔다. 하지만 그녀는 단순히 내 허기진 배만 채워준 것이 아니었다. 그녀는 하늘에서 내려온 천사나 다를 바 없었다. 그녀는 내 영혼을 채워주었다. 그리고 나 역시 어떤 의미에서는 그녀의 영혼을 채워주고 있다는 것을 알 수 있었다.

어느 날 나는 놀라운 소식을 들었다. 우리가 다른 수용소로 이동한다는 것이었다. 그것은 나에게는 삶의 끝을 의미했다. 그리고 그것은 분명히 나와 내 친구의 만남이 종말을 맞이한다는 것을 의미했다. 이튿날 소녀를 만나 인사를 하면서 내 가슴은 무너질 것만 같았다. 나는 떨려서 거의 아무 말도 할 수가 없었다. 나는 그녀에게 단지 이렇게 말했다.

"내일부터는 사과를 갖고 오지마. 나는 다른 수용소로 가게 될 거야. 우린 다시는 만나지 못할 거야."

나는 자제력을 잃기 전에 등을 돌려 철조망으로부터 달아났다. 차마 뒤돌아볼 수가 없었다. 만일 뒤돌아보았다면 나를 계속 바라보고 있는 그녀를 보았을 것이고, 그녀는 눈물로 뒤범벅이 된 내 얼굴을 보았을 것이다.

여러 달이 지나고 악몽과도 같은 고통은 계속되었다. 하지만 그 소녀에 대한 기억은 두려움과 절망 속에서도 나를 붙들어 주었다. 언제라도 눈을 감기만 하면 마음속에서 그녀의 얼굴을, 그 친절한 눈동자를 볼 수 있었다. 그 부드러운 목소리를 들을 수 있었다. 언제라도 그녀가 건네주는 사과를 먹을 수 있었다.

그러던 어느 날, 늘 그렇듯이 갑자기 악몽이 끝났다. 전쟁이 끝난 것이다. 죽지 않고 살아남은 사람들은 자유의 몸이 되었다. 나는 가족을 포함해 나에게 소중한 모든 것을 잃었다. 하지만 아직도 그 소녀에 대한 기억을 가슴 속에

간직하고 있었다. 그 기억이 나로 하여금 삶의 의지를 갖게 했고, 나는 미국으로 건너와 새 삶을 시작할 수 있었다.

다시 여러 해가 흘러, 1957년이 되었다. 그 무렵 나는 뉴욕 시에 살고 있었다. 한 친구가 나에게 자기가 아는 어떤 여성을 소개해 주겠다고 했다. 몇 번을 거절하다가 나는 마지못해 그 자리에 나갔다. 그런데 로마라는 이름의 그녀는 좋은 여성이었다. 그리고 그녀도 나처럼 이민자였기 때문에, 우리는 최소한의 공통점을 갖고 있었다.

이민자들은 전쟁의 세월에 대해 물을 때 서로 상처를 주지 않기 위해 조심을 하곤 했다. 그녀도 그것을 의식해선지 조심스럽게 물었다.

"전쟁 동안에는 어디에 있었나요?"

내가 대답했다.

"독일에 있는 유태인 수용소에 갇혀 있었습니다."

로마는 문득 아득히 먼 곳을 바라보는 듯한 시선을 지었다. 고통스럽지만 달콤한 어떤 기억을 떠올리는 듯했다.

내가 물었다.

"왜 그러죠?"

로마는 나지막한 목소리로 이야기를 시작했다.

"과거에 있었던 어떤 일을 생각하고 있습니다. 어린 소녀였을 때, 나는 유태인 강제수용소 근처에 살고 있었어요.

그 곳에 한 소년이 갇혀 있었는데, 꽤 오랫동안 나는 날마다 그 소년을 찾아가곤 했습니다. 나는 그에게 사과를 갖다 주었어요. 철조망 너머로 사과를 던져 주면 그 소년은 무척 행복해 했지요."

로마는 무겁게 한숨지으며 말을 이었다.

"우리가 서로에 대해 어떻게 느꼈는가를 설명하기는 무척 어려워요. 어쨌든 우리는 그때 너무 어렸고, 몇 마디 얘기밖에 주고받을 수 없었으니까요. 하지만 내가 말할 수 있는 것은, 우리 둘 다 서로를 무척 사랑했다는 것입니다. 나는 그 소년이 다른 많은 유태인처럼 처형되었으리라고 생각해요. 하지만 그 생각을 하면 견딜 수가 없어요. 그래서 나는 우리가 서로 사랑의 눈길을 주고받았던 그 여러 달 동안의 그의 모습만을 기억하려고 애를 쓰지요."

그 말을 듣는 순간 나는 심장이 터질 것만 같았다. 나는 말을 더듬으며 로마에게 물었다.

"그 소년이 어느 날 당신에게 '내일부터는 사과를 가져오지마. 난 다른 수용소로 끌려가니까'라고 말하지 않던가요?"

로마가 떨리는 목소리로 말했다.

"맞아요. 그런데 당신이 어떻게 그걸 알죠?"

나는 그녀의 손을 잡으며 말했다.

"왜냐하면 내가 바로 그 소년이니까요, 로마."

한참 동안 우리는 둘 다 그렇게 말이 없었다. 오직 침묵만이 있었다. 우리는 서로에게서 눈길을 돌릴 수가 없었다. 그리고 차츰 시간의 장막이 걷히면서 우리는 눈동자 뒤에 있는 서로의 영혼을 알아보았다. 우리가 한때 그토록 사랑했고, 그 이후에도 한 번도 잊은 적이 없는 그 영혼을 떠올리며 마침내 내가 말했다.

"로마, 난 한동안 당신과 헤어져야만 했소. 하지만 이제 다시는 당신과 헤어지고 싶지 않소. 이제 나는 자유의 몸이 되었고, 당신과 영원히 함께하고 싶소. 나와 결혼해 주겠소?"

나는 그녀의 눈에서 한때 내가 보았던 그 반짝임을 다시 보았다. 그녀가 말했다.

"네, 당신과 결혼하겠어요."

우리는 서로를 껴안았다.

그 여러 달 동안 그토록 갈망했지만 철조망 때문에 할 수 없었던 간절한 포옹이었다. 이제 어떤 것도 다시는 우리를 방해할 수 없었다. 내가 로마와 다시 만난 그날로부터 40년이 흘렀다. 운명은 그 전쟁 기간 동안 나에게 희망의 약속을 보여주기 위해 우리를 만나게 했고, 이제는 그 약속을 지키기 위해 우리를 다시 재회하게 한 것이다.

1996년 봄, 발렌타인데이에 나는 로마와 함께 미국 전역에 방송되는 오프라 윈프리 쇼에 출연했다. 나는 수천만 명이 지켜보는 앞에서 날마다 내 가슴으로 느끼는 것을 말했다.

"로마, 당신은 그 강제 수용소에서 내가 배가 고플 때 사과 한 알로 나를 먹여주었소. 그리고 나는 아직도 배가 고프오. 아무리 받아도 채워지지 않는 것이 있기 때문이오. 나에게는 매순간 당신의 사랑이 필요하오."

헤르만, 로마 로젠발트 부부 이야기 입니다. 사과 한 알이 맺어 준 사랑의 스토리를 읽으며, 우리도 누군가의 사랑에 목말라하며 행복한 삶을 살아가고 있는지 스스로에게 묻고 싶습니다.

이건숙

한국일보 신춘문예 당선, 서울대학교 독어과 졸업, 미국 빌라노바 대학원 도서관학 석사, 단편집:『팔월병』외 7권, 장편 『사람의 딸』외 9권, 들소리 문학상, 창조문예 문학상.
현):크리스천문학나무(계간 문예지) 주간

하필 허당에 빠진 국자 / 충청도 사투리로 쓴 / 명랑 소설

넷째 남자(3)

그 때 한 할머니가 지나가다가 보고 중얼거리듯 말했다.

"요새도 딸딸이 이동서점이 있는가 보네."

그 소리에 하필이 책 한 권을 들고 다가갔다.

"여사님, 이 책 그냥 드릴게유. 받으실래유?"

"나 돈이 없는데."

"거저유. 받기만 하세유."

노인이 책을 받으며 말했다.

"이렇게 귀한 책을 그냥 주신다고요?"

"네. 거저유."

할머니가 가방을 뒤적거리더니 꼭꼭 접은 오천 원짜리 하나를 꺼내어 내밀었다.

"내가 가진 게 이것뿐이라 더는 드릴 수가 없어요. 지금 주신 책은 삼만 원도 넘는 귀한 책인데 오천 원에 살 수는 없고, 저기 있는 동화책 「왕따 대통령」으로 바꿔주시면 안 되겠수? 하필이면 대통령이 왜 왕따를 당했을까?"

하필은 또 하필이란 소리가 듣기 안 좋았지만 그래도 이렇게 말하는 할머니가 고맙고 존경스러워서 「왕따 태통령」마저 꺼내주며 말했다.

"고마워요 여사님, 두 권 다 드릴게유."

"이러시면 밑져요."

"밑질 것도 없어유. 다 거저니께유."

할머니가 밝게 웃으며 말했다.

"내가 여사님이라는 말을 들어본 지가 한참 되었는데 할 망구, 할매, 늙은이 하는 소리보다는 듣기 좋구려."

"고마워유. 주시는 돈 잘 받겠어유."

할머니가 책을 소중하게 가슴에 안고 인사를 한 뒤 돌아갔다. 하필은 오천 원을 두 주먹 속에 곱게 넣고 감격의 눈물을 흘렸다.

모처럼 사람대접 받고 받은 돈이 아닌가. 오천 원이 눈물 겨운 소중한 소득이었다. 그렇게 하여 용기를 겨우 낼 수 있는 하필은 무시당한 수모를 참고, 참고 견디고 책 곳간 사업장으로 돌아왔다.

언제 왔는지 직장에서 돌아온 딸이 웃으며 맞았다.

"아빠, 또 어디서 책을 그렇게 많이 받아왔어요?"

"응, 저기서……. 언제 왔어?"

"우리 도서관에서 홀로코스트라는 책 스무 권이 필요해서 구하는데 이 안에 있을까?"

"그런 거라면 출판사에 알아 봐야지."

"출판사에는 없대요. 재고가 많았었는데 다 안 팔리는 것 이 자리만 차지한다고 몽땅 버렸대요."

"그 책이 있으면 좋을 텐디, 이 많은 책 속에 어디 있기나

할라나 모르것다."

"아빠. 무슨 책이든 가져다 놓으면 버리지 말아요. 요새 출판사들이 너도나도 장사가 안 된다고 책을 버리고 나서 막상 독자가 책을 찾으면 없는 출판사가 많아요."

"허어, 그려? 이 책들이 언젠가는 다 날개 돋친 듯 팔려나 갈 날이 있겠구먼."

"맞아요, 아빠."

이때 허당이 껑충껑충 들어왔다. 딸이 하필한테 물었다.

"저 사람은 누구예요?"

"응, 요새 나하고 동업하는 청년이여. 서로 인사햐."

하필이 허당한테 딸 소개를 했다.

"이 여아가 내 딸 하우(河偶)여. 인사햐."

허당이 수줍게 인사했다.

"저는 허당이라고 혀유. 잘 보아주세유."

"허당 씨라고요? 진짜예요?"

"진짜지유. 허당이라 이상혀서 묻는 거쥬?"

"미안해요. 허당 씨."

허당은 허당에 씨자를 붙여 부르는 소리에 갑자기 마음이 꽃밭을 만난 듯 우쭐하고 기뻤다. 그래서 인사말을 했다.

"미안할 것 읍시유. 하우도 하우두유둔데유 뭐."

"호호호, 내 이름이 하우두유두?"

하필이 허당한테 서둘러 말했다.

"하우가 다니는 도서관에서 홀로코 뭐라는 책을 찾는다는

디 이 많은 책 속에 어디 숨었는지 알간."

"홀로코스트인 모양인디 을마나 필요한대유?"

하우가 대답했다.

"이십 권이에요."

"책갑도 솔찬겠구먼유. 우쨌든 찾아 봐쥬. 있으면 심봤다 아녀유?"

하우가 웃으며 말했다.

"심봤다지지요. 찾으면 심봤다 하고 소리치세요. 호호호."

하필이 딸한테 말했다.

"넌 집에 가서 마실 거라도 좀 해갖고 와. 그 동안 우리는 책을 찾아볼 텐게."

"알았어요. 아빠 꼭 찾으세요."

허당이 돌아가는 하우를 정신 나간 사람처럼 바라보았다. 그 꼴을 보던 하필이 꾸짖듯 말했다.

"뭘 그리 봐. 사람 첨 봤남?"

"말하는 것도 귀엽고 걸어가는 모습이 예뻐서 봤시유."

"알았어. 그만 보고 책이나 찾아 봐."

"알았슈."

허당은 주인 하필과 이리저리 뱅뱅 돌며 책을 찾았지만 그 책은 안 보이고 하우 웃는 모습만 어른거렸다. 곳간에 책이 어림잡아 백만 권도 넘을 것 같은데 어디서 그 책을 찾는단 말인가. 아무리 뺑뺑이를 쳐도 책은 보이지 않고 허당이 눈에는 예쁜 하우 웃는 얼굴만 삼삼했다.

'내가 왜 이려? 괜히 맴이 왜 이리 뒤숭숭한겨? 이상혀. 입때껏 여자 같은 건 나하고 상관없다고 생각했는디 하우를 보고 난 뒤 왜 맴이 이렇게 뒤숭숭한지 모르것어. 왜 그런 겨?'

하필은 이층으로 올라가 책을 찾고 허당은 아래층 구석에서 책을 찾는데 하우가 마실 것을 들고 왔다.

"아빠, 시원한 거 드시고 하세요."

허당이 구석에서 나와 하우가 들고 온 쟁반을 받아들었다. 하우가 상냥하게 말했다.

"허당 씨 고마워요."

"고맙기는유. 이렇게 마실 걸 가져오시는 하우유두가 고맙쥬."

"호호호 하우유두요?"

"제가 잘못 했나유?"

"아니에요. 재미있어요. 허당 씨"

이때 이층에서 내려오던 하필이가 두 사람이 웃어가며 이야기하는 것을 보고 소리쳤다.

"뭣들 하는 겨? 넌 마실 거 가져왔으면 거기 두고 가."

하우가 웃으며 대답했다.

"아빠, 허당 씨가 아주 재미있어요."

"뭔 소릴 하는 겨? 허당은 허당이여. 빨리 돌아가."

딸 하우는 다른 말을 했다.

"아빠, 책은 찾았어요?"

"그놈이 어디 처박혔는지 안 보여서. 넌 상관 말고 가나 혀."

"안 갈 거예요. 나도 책을 찾아볼래요."

하필이 허당을 돌아보며 말했다.

"자네는 물 한잔 마셨으면 이층으로 올라가 봐."

"알았시유. 어른이 안 오셔서 물을 먼저 마실 수가 없잔 유."

그러면서 허당이 물 한 컵을 꿀꺽꿀꺽 마시고 하우를 힐끔 보고 이층으로 올라갔다. 하필이 딸한테 일렀다.

"다 큰 것이 아무나허고 시시덕거리면 못 쓰는 겨."

"누가 시시덕거렸어?"

"내가 다 보았응게 허깨비 허당하고 웃고 어쩌고 하면 안 돼."

"왜?"

"저 키다리 허당은 가까이 할 물건이 아녀. 아무짝에도 쓸모없는 인물이니께 그리 알더라고."

"난 좋은데에?"

"헛소리 마. 바보 같은 꺼벙이 워디가 좋다는 겨?"

"난 바보 같은 게 좋은걸."

"아따, 별소릴 다 허네. 그런 말 두 번 다시 허지 마."

허당이 이층으로 올라가다 하우를 힐끗 돌아보았다. 하우 도 바라보다가 눈길이 마주쳤다. 허당은 갑자기 가슴이 뛰고

괜히 기뻤다.

'참 내 맴 나도 모르겠구먼. 왜 가슴이 뛴댜?'

하우가 따라 올라오면서 말했다.

"허당 씨, 나하고 같이 찾아 봐요."

허당은 하우가 씨자를 붙여 부르는 소리가 가슴에 꽃 못처럼 꽂혔다. 그러나 아무 말도 하지 않고 이층 구석으로 들어가 책을 찾았다. 그 뒤를 따라오며 하우가 콧노래까지 불렀다. 허당은 하우의 예쁜 목소리를 들으니 얼마나 기쁜지 책들이 모두 꽃처럼 보였다. 하우가 한쪽 책 더미를 들추며 말했다.

"허당 씨, 여기 좀 보세요. 그런 책 종류가 이쪽에 몰려 있어요."

허당이 그리로 가서 책을 뒤지는데 언제 왔는지 주인 하필이 다가오며 소리쳤다.

"우야, 너 집에 가랬더니 거기서 뭘 허는 겨?"

"책 찾고 있잖아."

"다 필요 없응게 빨리 집으로 가. 그 책 안 팔아."

하필이 화난 얼굴로 정색을 했다. 그 서슬에 하우가 아래층으로 내려갔다. 허당은 옆에서 웃어주고 같이 책 찾던 하우가 사라지자 갑자기 책 곳간이 전기 나간 집처럼 앞이 컴컴하고 허전하고 마음에 그늘이 드리워졌다.

다음 날 어제 하우가 들여다보던 자리로 가서 책을 찾았다. 책 몇 덩어리를 이리저리 옮기다 홀로코스트를 찾았다.

거기 그 책이 300권도 넘게 있었다. 너무 기뻐서 하우두유두
하고 소리쳤다.

아래층에서 책을 찾던 주인 하필이 올려다보며 물었다.

"뭔 소랴? 왜 하우는 부르는 겨?"

"안 불렀는대유."

"내가 똑똑히 들었는디 딴청이여?"

"아녀유, 책을 찾아 기뻐서 소리쳤어유."

"괜히 우리 하우 맴에 두지 마."

"알았어유."

"책 찾았으면 오늘도 이것저것 골라 열 권 가지고 정거장
에나 다녀와."

"야."

허당은 전처럼 책 열 권을 들고 나가 차 기다리는 사람들
한테 즐겁게 나누어주고 손에 만 원짜리 열 장을 추려 들고
차에서 내리는 사람을 눈여겨보았다.

차에서 내린 한 영감이 배가 몹시 고파 보였다. 그래서
다가가 물었다.

"많이 시장하시쥬?"

"그려. 차에 시달리다 보니 허기졌어."

"그러시면 저기 돼지국밥을 아주 잘하는 집이 있는디유.
거기로 모셔 드릴까유?"

"그려, 돼지국밥이라면 내가 좋아하는 음슥여, 어딘지 가
봐."

허당은 그 영감님을 모시고 국자국밥집으로 갔다.

"아줌마. 손님 오셨어유. 잘혀 드려유."

국자가 반가워하며 대답했다.

"아이고 고마워라. 우티기 손님까지 모시고 왔댜? 손님 잠깐만 기뒬리슈. 금방 국말아 올릴게유."

손님이 배를 채우고 만족해서 말했다.

"이렇게 음슥 잘하는 집이 여기 있는 줄 몰랐구먼. 날마다 친구들도 데리고 와서 먹어야겠구먼. 총각 고마워. 잘 먹고 가아."

이렇게 하여 허당은 하루에 두 번 책을 나누어주러 다니며 이십만 원씩 물어들이고 차가 도착하면 시장해 보이는 사람을 따라가 국자돼지국밥집으로 안내하여 날마다 국자네 손님이 늘어났다.

국자는 허당이 맘에 들어서 사위로 삼고 싶었다. 그래서 손님이 오면 국밥을 말아 겸상도 차려주고 손님 밥값만 받았다. 그러나 허당은 공밥을 안 먹는다고 자기 밥값을 따로 치렀다. 그게 또 맘에 든 국자는 딸을 주고 싶어서 하루는 두 사람을 같은 시간에 만나게 만들었다.

남잔 거북이 같아야 혀

국자 딸 이름은 윤달이다. 그 아비는 윤군불이고 윤달에 낳았다고 윤달이라고 이름을 지었다. 국자는 딸이 돌아올 때를 맞추어 허당한테 한 가지 부탁을 했다.

"허총각, 우리 집에 화단을 좀 고쳐야겠는디 그것 좀 둘러
보고 저녁은 우리 집에서 먹으면 안 될까아?"

"그러쥬. 집이 어딘디유?"

"바로 이 뒷집이여. 나허구 잠깐 다녀오자고."

국자는 허당을 데리고 자기 집으로 들어가 담장을 끼고
다섯 평쯤 되는 화단을 가리켰다.

"여기가 볕도 잘 들고 좋은디 손을 보지 않아서 엉망인디
총각이 머리 좀 써봐."

"알았슈. 생각해 볼게유."

"고맙구먼 총각. 빨리 가게로 돌아가십시다."

두 사람이 국밥집에 들어서니 윤달이 먼저 와 있었다.
국자가 딸을 소개하려고 하는데 윤달이 팩 돌아섰다. 국자가
물었다.

"윤달아, 왜 그려어?"

"엄마, 이 사람 아는 사람이야?"

"그런디 왜 사람 민망허게 그려어?"

윤달이 달아나며 소리쳤다.

"묻지 마!"

국자가 민망해서 억지웃음으로 말했다.

"총각 미안혀. 저것이 아직 철이 안 나서 그려. 이해혀
응?"

"알았시유."

허당은 속으로 다행이라고 생각했다. 윤달인지 수달인지

마음에 들지도 않았고 그 순간 하우 얼굴이 떠올랐다. 곳간에 있으려니 하고 찾아보니 허우가 보이지 않아 허전했다.

한편 국자는 저녁에 딸을 앉혀놓고 닦달했다.

"아까 그게 뭐여?"

윤달이 눈을 흘기며 한 마디.

"뭘?"

"그 총각 앞에서 그게 뭐여? 민망허고 남새시럽게시리."

"난 그런 사람 밥맛이야. 키만 기다랗고 내 취향이 아냐. 그런 사람 엮는 거 싫어. 엄마는 뭘 몰라."

"네가 뭘 안다는겨? 사내들이란 얼굴로 속사람은 모르는 겨. 나 봐. 느 애비 인물이 출중하여 내가 눈이 멀어서 서방 삼았지만 후회가 이만저만이 아녀. 나허고 혼인하고 너 하나 낳아놓고 이 여자 저 여자 꿰차고 돌아다니다가 어디 가서 살았는지 죽었는지도 알 길이 없고 나 혼자 고생한 걸 생각하면 이가 갈려. 너만큼은 나같이 되면 안 돼야. 사내는 거북이처럼 생겨야 하는 겨."

윤달이 바락 화를 냈다.

"거북이고 두더지고 다 싫어. 하루를 살아도 내 눈에 찬 남자 아니면 시집 안 가!"

"이년아, 정신 차려. 여자는 남자 인물 뜯어먹고 사는 게 아녀."

"왜 욕까지 해?"

"너무 답답해서 그려. 저 허총각 외모보다는 보통 사람이 아녀. 보기보다 무언가 숨겨둔 허당이 있는 것 같은 인물이여."

"허당? 허당에 뭘 숨겨, 허당은 빈구덩이야."

"너 애미 말 안 듣고 그럴 거여?"

"내 인생은 내가 알아서 살 거야. 엄마가 뭘 알아. 간섭하지 마!"

한 마디도 지지 않고 윤달은 스마트 폰을 챙겨들고 제 방으로 들어가 문을 잠갔다.

다음 날 국자는 허당한테 딸이 서운케 한 짓을 이해해 달라고 하려고 책 곳간으로 갔다. 그런데 허당은 안 보이고 하필이 혼자 책을 정리하고 있었다.

"곳간 주인, 뭘 혀?"

"보면서 물어?"

"허 총각은 어디 갔댜?"

"오늘은 안 나왔구먼."

"뭔 일일까아?"

"나도 몰러. 때 되면 오것지."

국자는 돌아가면서 생각했다.

'이 숙맥이 윤달이한테 채였다고 생각하고 실망하여 집에서 나오지도 않은 거여. 윤달이 신랑감으로는 딱인디. 우짜면 조터.'

하필은 눈이 빠지게 허당이 오기를 기다렸다. 날마다 책 들고 나가면 10만 원씩 두 번이나 물어들이던 일꾼이 안 나오니 사람보다 돈이 더 기다려졌다. 묵묵히 종일 기다렸는데 허당은 오지 않고 하우가 퇴근해 들어와 두리번거리며 물었다.

"아빠, 허당 씨는 왜 안 보여?"

"넌 멀대같은 허당만 찾고 애빈 안 보이는 겨?"

"허당 씨는 어디 갔어?"

"안 나왔어. 그런디 넌 우째서 허당이라고 하면 될 걸 씨자까지 붙이는 겨?"

"허당 씨는 아빠도 좋아하지 않아?"

"내가 좋아하는 것허구 네가 좋아하는 것이……."

하필이 마지막 말을 하지 않은 것은 둘이 사랑하는 것 아니냐는 말을 하게 되어서였다.

"아빠, 그 사람 어디 있느냐고?"

"그 사람 어쩌고 하지 마. 허당허고 너허고는 하늘 땅 차이니께."

"허당 씨가 들으면 좋아할 소식이 있는데."

"뭔디? 내가 알면 안 되는 일여?"

"아빠는 더 좋아하는 소식이야."

"뭐간디?"

"허당 씨한테 먼저 말할 거야."

"자꾸 허당 허당 하지 마. 난 싫은게."

"그럼 내보내. 싫은 사람 데리고 살 필요 없잖아?"

사실 하필이 눈에 허당은 자기 딸하고는 전혀 안 어울리는 바보라고 생각하는 터라 둘이 어울리는 것을 막으려고 했지만 날마다 책 들고 나가면 돈하고 바꾸어 오는 인물이라 내쫓을 수가 없었다.

하필 자신은 리어카에 책을 잔뜩 싣고 나가 공짜로 준대도 받아가는 사람이 없었는데 허당은 돈하고 바꾸어 오는 것이 신기하기 때문이다. 하필은 정거장에 책 싣고 나갔다가 실망하고 돌아온 뒤로는 정거장 쪽은 바라보기도 싫었다.

다음날 국자가 또 와서 허당을 찾았다. 그러나 이 숙맥이 나오지 않았다. 국자는 실망하여 돌아가며 생각했다.

'그 숙맥 같은 것이 윤달이년 한 마디에 실망하여 책 곳간에도 안 나오는겨. 날마다 정거장에서 손님도 잘 모시고 왔는디 그런 것도 끊기고……. 마음이 그렇게 여리고 착한 사람이여.'

하필이는 그 나름대로 이런 생각을 했다.

'우리 딸 하우를 가까이 하지 못하게 하여 실망하여 안 나오는 모양인디 어쩔 수 없지. 아무리 그려도 내 딸 짝으로 삼을 수는 없는겨.'

그렇게 하필과 국자가 기다리기를 일주일이 넘던 어느 날 허당이 나타났다. 하필이 반가워서 물었다.

"워째서 메칠씩이나 빠졌댜?"

"야, 제가 뭘 연구하는 단체가 있는디 거기서 지가 주제발표를 하느라고 서울 좀 다녀왔쥬."

"뭐간디 허당이 그런 것도 한다는 겨?"

"인간의 공짜심리와 욕심연구분석이라는 주제로 발표했쥬."

"허당이 그런 것도 하는 사람이여?"

"야."

"난 뭔 소린지 모르것지만 허당이 머리에 든 건 쬐끔 있는 가벼."

"읎시유. 저는 이름마냥 허당인디유."

"그렇지? 허당은 허당일뿐이지?"

"야."

"책 열 권 묶어 놨어. 들고 나가 나누어주고 와."

허당은 책을 들고 정거장에 나가서 차 기다리는 사람을 만나 나누어주고 책을 좋아하는 사람들이 내미는 돈을 받아들고 막 도착한 차에서 내리는 영감 앞으로 갔다.

"많이 시장하고 대간하시쥬?"

"그려. 배도 고프고 대간혀."

(주: 나는 군생활을 하면서 경상도 전우한테는 경상도 사투리를 익혔고 전라도 충청도 전우들한테는 거기 사투리도 익혔음. 지금 쓰는 충청도 사투리는 대전 문화동 토박이라는 김정웅 상병이 자기 고향말만 하여 그와 10개월 정도 지내며 충청도말을 많이 알게 되어 쓰다가 '대간하다'는 말을 써야겠는데 생각이 안 나서 며칠 동안 기억을 되새김질하다가 오늘 겨우 찾아서 씀)

허당이 영감한테 친절하게 말했다.

"저기 먹어보고 맛없으면 돈 안내도 되는 돼지국밥 잘하는 집이 있는디 가 보실래유?"

"뭔 소리여? 그게 정말여?"

"그렇대니께유."

"그럼 가 봐야지. 공짜라는디."

허당이 손님을 모실 때는 그렇게 하여 사람 마음을 끌었다. 손님마다 공짜로 먹을 수 있다는 말에 혹하여 순순히 따른다. 오늘도 공짜 유혹으로 손님을 국자네 가게로 모셔갔다.

국자가 간절히 기다리던 허당이 손님까지 모시고 오자 반가워서 어쩔 줄을 몰라 방방거렸다.

"어서와! 기둘렀어. 오늘도 손님 모시고 온겨?"

"야. 손님이 맛나게 잡숫도록 국밥 특별히 말아드리셔유."

"알았어. 아주 맛나게 차려 드릴겨."

국자가 특별히 맛난 상을 차렸다. 손님이 먹으면서 생각했다.

'이렇게 맛있는 국밥은 생전 첨이여. 이런 것을 공짜로 먹으면 도둑이지. 총각이 우직하고 보기보다는 남다른 인품이 보인단 말여. 그런디 우쩌다 이런 일을 헌다?'

그러면서 혹시 이 집 아들이 아닌가 하여 물었다.

"주인장, 이 총각이 이 집 아들이슈?"

국자가 기다렸다는 듯이 신이 나서 대답했다.

"야, 우리 아들이유. 잘생겼쥬?"

"아들 하나 참 잘 두셨소. 나한티 과년한 딸이 하나 있는디 사위 삼았으면 좋것는디 우리 사둔 맺읍시다. 하하하."

"늦었시유. 벌써 정한 짝이 있는디 우쩌쥬?"

"그렇담 할 수 없쥬. 내 맴에 딱 들어서 해본 소리니께. 이 총각이 음슥 맛이 읗으면 거저라고 했지만 맛이 좋아서 값을 치러야겠소."

손님은 음식 값을 내고 흡족하여 금이빨을 드러내고 웃으면서 떠났다. 손님이 나가자 국자가 허당을 품에 안듯 다가 앉으며 말했다.

"허당 총각, 내 아들이라고 한 말 틀렸어?"

"틀렸쥬. 왜 거짓말을 하신대유?"

"거짓말이 아녀. 허당 총각은 내 아들 삼고 사위 삼을겨."

"그런 농담 마셔유."

"왜? 싫어어?"

"남은 남이쥬."

"남두 합치면 가족이지 별거 있댜?"

"그런 말씀은……."

"알었어. 오늘은 우리 화단에 꽃씨나 좀 뇌줘. 꽃씨는 여럿 사다 놨으니께."

"알았슈."

허당은 국자네 집 화단을 갈고 꽃씨를 놓아주고 책 곳간으로 갔다. 하필이는 허당이 돈을 가지고 오기를 기다리고 하우는 좋은 소식을 알려주려고 기다리고 있었다.

하필이면 하필이가 먼저 보고 '어서와 수고했어어' 하고 돈을 받았다. 하우는 반가워서 웃음꽃이 되어 말했다.

"허당 씨. 좋은 소식 있어요."

"무슨 소식이······."

하우가 A4용지를 내밀면서 설명했다.

"지난번에 홀로코스트를 납품했더니 부산에 있는 큰 서점에서 연락이 왔어요. 이것 좀 보세요."

허당이 들여다보고 빙그레 웃었다.

"아주 좋은 소식이네유, 하우두유두!"

"하우두유두? 호호호."

한쪽에서 책을 뒤지다 말고 하필이 다가오며 물었다.

"뭐간디 지들끼리 웃는댜?"

허당이 주문서를 내밀며 설명했다.

"아주 좋은소식이유. 우리 곳간에 다 있는 책들이구먼유."

하필이 물었다.

"다 있는지 읎는지 우티기 안댜?"

"창고 안에 있는 책은 거진 다 알 수 있어유."

하우가 반기는 소리로 물었다.

"정말 그 책들이 다 있어요?"

"주문서에 있는 열세 종 가운데 몇 개만 모르겠고 다른 건 다 알어유."

"당장 이층으로 올라가서 책을 찾아봐요."

하우가 계단을 앞서 올라가려 하자 하필이 솔찬히 큰 소리를 쳤다.

"넌 가만 있어! 여기 있던지 집에 가!"

하우가 반발하는 소리를 했다.

"아빠, 내가 받아온 주문선데 왜 그래?"

"넌 쓸데 없이 실실거리고 웃고, 허당 씨, 허당 씨 허는 소리 듣기 싫어!"

하필은 딸이 허당이한테 하는 짓이 못마땅해서 어떻게든 지 떼어놓을 심산이었다. 그러나 하우는 정반대였다.

"난 허당 씨하고 책 다 찾을 거야."

허당은 못 들은 체하고 이층으로 올라갔고 하우도 따라 올랐다. 하필은 닭 쫓던 개마냥 멍하니 서서 중얼거렸다.

"이걸 유짠다. 저것들을 그냥 두면 안 되는디."

허당은 하우가 뒤따라 올라오는 것이 여간 기쁘지 않았다. 하우만 보면 가슴이 뜨거워지고 자다가도 웃는 얼굴이 눈에 삼삼허고 꾀꼬리 같은 목소리는 귀에 박혀 가슴을 녹혔다. 뽀얀 볼, 동그란 이마, 맑고 생글한 눈, 고르고 하얀 치아, 꽃잎보다 예쁘게 웃는 입술, 쭉 뻗은 다리 허리, 어디 하나 흠잡을 데 없는 몸매가 보기만 해도 황홀했다.

허당은 혼자 있을 때는 하우한테 무슨 말인가 끝없이 하고 싶은데 막상 만나면 아무 생각도 안 나고 입도 들러붙어 가슴 가득 야릇한 감정만 출렁거렸다. 하우가 이층에 오르자 책 곳간은 온통 전깃불이 밝혀진 듯 허당 가슴은 환하게 열리고 기쁨으로 가득 찼다.

하우는 허당의 그런 속도 모르는 듯 철없는 아이처럼 웃기도 잘하고 재미있는 이야기를 조잘거리며 한쪽 귀퉁이로 가 소리쳐 불렀다.

"허당 씨 빨리 이리 와 봐요."

허당은 씨 소리만 들어도 가슴이 설레었다.

"뭐쥬?"

"여기 우리가 찾는 톨스토이 인생독본이 있어요."

"얼마나 되는대유?"

"와 보세요. 아주 많아요."

허당은 다가가 둘러보고 놀라 입이 딸 벌어졌다.

"이 책이 다 뭐여? 천 권도 넘겠는대유."

"그렇지요? 이 책 서점협회서 있는 대로 다 구하라고 했어요. 전국 도서관과 도서실에 비치한다고요."

허당이 헛소리를 쳤다.

"원더풀, 하우두유두!"

"왜 여기서 하우두유두예요?"

"기분이 좋아서 나도 모르게 나오네유."

"고마워요. 허당 씨가 하우두유두 하시는 말이 재미있게 들려요."

아무래도 이층에서 너무 오래 걸리는 것 같다고 생각한 하필이 이것들을 가만 둘 수 없지 하곤 따라 올라 꾸짖었다.

"뭣들 하는 겨? 책은 안 찾고 시시덕거리면 돈이 생겨?"

하우가 대답했다.

"누가 시시덕거려 아빠. 우리들이 그 책을 찾았다고요. 책이요."

허당도 한 마디 했다.

"심 봤어유, 하우두유두! 하하하."

"뭘 봤다고? 이것들이 무슨 소릴 허는 겨. 무슨 심을 봤다
는 겨?"

하우가 대답했다.

"심 봤어 아빠."

"느이들이 뭔 소릴 하는거? 심을 봤다니?"

허당이 대답했다.

"산삼 캐는 사람들이 산삼을 만나면 좋아서 외치는 소리
여유."

하필이 생각을 굴리다가 하나 더 물었다.

"자네가 우리 딸을 하우 뭐 어쩌고 하는디 그건 뭔 소려?"

"하우두유두여유."

"그게 뭔 소리냐고?"

하우가 대답했다.

"나를 허당 씨가 너무 좋아한다고 하는 소리야."

"뭣이? 넌 그런 소리 듣고도 아무렇지도 않어?"

"난 좋아."

"안 되겠다. 너 다시는 곳간에 오지 마. 뭐든지 할 말은
나한테 집에서 혀!"

허당은 헛바지여

허당은 하필이 하는 소리를 듣고 실망했다. 아무리 하우
를 혼자 좋아해도 어른이 반대하면 별수가 없는 것이다. 그
렇게 생각하자 갑자기 전등 꺼진 뒷방처럼 맘이 휑하고 어두

왔다. 주문서에 있는 책을 다 찾아야 하는데 김이 빠져서 더 이상 찾고 싶지도 않았다. 그래서 슬그머니 집으로 발걸음을 옮겼다.

하우가 그 뒷모습을 보고 안쓰러운 표정을 지었다. 딸의 표정을 눈치 챈 하필이 무슨 말이라도 하지 않을 수가 없었다.

"하우야, 넌 내 말이 얼마나 간절한 맴에서 나온 말인지 알지?"

"뭐가?"

"내가 네 맴 짐작은 허지만 그건 아녀."

"뭐가 아니야?"

"저 허당허고 너는 절대 안 어울리는 처지여. 사람을 제대로 봐야지. 넌 여고 나와서 좋은 직장을 나가는디 허당은 헛바지여."

"아빠가 허당을 얼마나 아는데?"

"척 보면 몰러. 직업도 없이 떠돌아다니는 인물 아닌가베."

"왜 직업이 없어. 이 곳간에서 일하고 있는데."

"여긴 허당 일터가 아녀. 그냥 왔다갔다 떠돌다가 마땅한 자리가 없으니께 빌붙어서 심부름이나 하는……."

하우가 야무지게 말했다.

"날마다 20만 원씩 벌어오는 사람인데 아빠는 공짜로 사람 부려먹을 거야?"

"언제 내가 돈 벌어오라고 했나. 지가 가서 이 사람 저 사람한티 책 나눠주다가 주는 돈 받아오는 것인디."

"한 달 동안 날마다 20만 원씩 팔아오면 6백만 원을 벌어오는데 그걸 아빠 혼자 다 챙길 거야?"

"글씨, 생각은 안 해 봤지만 네 말 듣고 본게 간단히 넘길 일은 아닌 거 같구면."

"그 사람하고 반씩 나누어야 해."

"뭐, 뭐라구? 반이면 3백만 원을 내주라고?"

"그래야지. 욕심을 너무 부리면 복이 달아난대요."

"그 말은 맞지만 내 듣기엔 거시기하구면."

"그럼 낼부터 나오지 말라고 해. 싫은 사람을 공짜로 부려먹으려고 잡고 있으면 욕심이야."

하필은 딸이 하는 소리에 말이 막혀 어물거렸다.

"공짜로 부려먹은 건 아녀. 지가 기어 들어와서 하는 짓이지."

"복이 굴러들어온 걸 알아야 해 아빠."

"그건 그려. 지 발로 기어 들어왔으니께. 내가 깊이 생각혀 허당이 섭섭지 않게 할 테니께 더 그 야긴 하지 마."

이때 국자가 찾아왔다.

"부녀간에 뭔 이야길 그리 잼나게 한다?"

하필이 대답했다.

"잼난 게 아녀. 저것이 허당이 편만 들어서."

국자가 귀를 바짝 세우고 물었다.

"하우가 허당이 편만 들다니 뭔 소려?"

하우가 대답했다.

113

"아무것도 아니에요. 아빠가 사람을 거저 부려먹는 것 같아서……."

국자가 물었다.

"거저 부려먹다니 그게 뭔 소려?"

하필이 입을 막았다.

"다 그런게 있어. 아무 것도 묻지 마."

국자가 찾아온 뜻을 말했다.

"허당이 가꿔 논 우리집 화단에 꽃이 한창 피어 벌 나비가 꼬여들고 볼만 혀. 허당이 총각한티 보러 가자고 하러 왔는디."

하필이 물었다.

"아니, 언제 허당이 그 집 화단꺼정 가꾸어 주었다는 겨?"

"한참 됐지. 그런데 이 총각이 어딜 간겨?"

"몰라 집으로 간 모양여. 국자가 허당을 솔찬히 좋아하는 거 아닌가베?"

국자가 웃어가며 대답했다.

"좋아할 수밖에 읎지. 인물 그만허면 쓸만허고 맴씨 너그럽고 꽃밭 가꾸는 솜씨는 또 을마나 좋은디 안 좋아허것슈?"

하필이 기가 막히다는 눈으로 대답했다.

"국자도 눈에 콩깍지가 꼈구먼. 그 미루나무매양 기다린 물건이 어디가 그리 좋다는 겨?"

"그려, 난 눈에 콩깍지가 꼈어. 사람 좋것다 날마다 손님 모시고 와서 밥도 거저먹는 법이 없이 경우 밝고……."

국자가 하우를 향해 물었다.

"하우야, 네 생각은 어떠냐? 허당이 이름이 허당이라 그렇지 속은 허당이 아녀. 너도 그렇게 보이쟈?"

하필이 펄쩍 뛰고 가로막았다.

"뭔 소릴 하는겨? 하우가 우티기 그런 애를 좋아한다는 겨?"

"하기는 그려, 하우가 그런 사람 눈에나 차것어? 좋은 직장에서 잘나고 잘사는 사람들만 보고 사는디."

하필이 흡족해서 대답했다.

"그려, 말은 바르게 잘 혔어. 우리 하우가 그런 허당 같은 사람이 눈에나 차것어."

국자가 한 술 더 떴다.

"허당은 우리집 꽃밭 지기나 시켰으면 좋겠는디 이 책 곳간에 와서 어정거리니 내가 달라고 할 수도 없구. 날마다 정거장서 손님 모시고 오는 건 또 을마나 귀여운지 몰러."

하필이 그 소리는 맘에 안 드는 듯했다.

"그런 소린 마. 걘 날마다 정거장에서 책을 열 권씩 나누어 주고 오는 우리 복덩어리여. 하우하고 시시덕거리지만 않으면 좋것지만."

국자가 좀 섭한 듯 돌아서며 말했다.

"그 허당 총각 낼 오거든 우리 화단에 꽃이 한창이라구 보러 오란다고 혀. 부탁혀."

다음 날 허당이 책 곳간으로 들어서자 하필이 물었다.

"이봐 허당, 자네 국밥집 화단 아는 겨?"

"그게 무슨 말씀이래유?"

"그 집 꽃밭인가 뭔가를 봐준 겨?"

"야."

하필이 무언가 마뜩찮은 얼굴로 한 마디 던졌다.

"가 봐아. 국자가 꽃구경 오라고 허고 갔어."

"알았슈. 정거장에 갔다가 책 나누어주고 가 볼래유."

"그려, 가서 그 집 윤달이도 있응게 같이 잘혀 봐."

하필이는 어떻게든지 하우하고 허당이 가까이 못하게 하려고 수를 쓰는 중이었다. 허당도 그 정도는 알고 있었다. 그래서 할 수만 있으면 하우하고 멀리 하겠다고 다짐하고 있었다. 그런데 그렇게 생각할수록 하우를 좋아하는 맘이 더 간절해지고 가슴이 저렸다.

사랑의 상처는 사랑으로 치료한다는 말을 들어서 아는 허당은 차라리 하우를 잊기 위해 억지로라도 윤달이를 마음에 담으려고도 생각도 해보았다. 그렇지만 그게 쉽지 않았다.

허당은 정거장에 다녀와 하필한테 돈을 건네고 국자네 집 대문을 들어서 화단이 있는 담 곁으로 가다가 걸음을 딱 멈췄다. 언제 왔는지 윤달이가 꽃구경을 하고 있었다.

억지로라도 윤달이한테 마음을 주고 하우를 잊으려는 생각으로 마음을 다졌다. 하우 아버지는 노골적으로 딸과 떼어 놓으려고 하는데 윤달이 엄마 국자는 정반대였다. 어떻게든지 허당이를 윤달이 짝으로 만들고 싶어 안달이 난 터였다.

그러나 솔직히 허당의 가슴에는 윤달이가 들어올 자리는

없었다. 허당의 가슴에는 하우가 똬리를 틀고 있었고 언제든 하우의 자리는 비워 두었다.

윤달이가 장미처럼 화사하고 예쁘긴 하지만 허당이 가슴 속에 피어 있는 백일홍 같은 하우는 밀어낼 수 없었다. 그래도 허당은 윤달이를 억지로 가슴에 담아보려고 윤달이를 향해 말을 건넸다.

"꽃구경 하는 겨? 꽃들이 다 이쁘지?"

꽃에 홀려 있던 윤달이 깜짝 놀라 외마디 소리를 질렀다.

"소리도 없이 남의 집엔 왜 들어왔어?"

이때 국자가 들어오다가 그 소리를 들었다.

"윤달이 뭔 소릴 그리 혀?"

윤달이 기분 나쁘다는 얼굴로 대답했다.

(11집에 계속)

·

심혁창

「아동문학세상」 등단, 장편동화 「투명구두」, 「어린공주」 외 50권, 한국문인협회, 사)한국아동청소년문학협회 회원, 한국크리스천문학상, 국방부장관상, 아름다운글 문학상 수상.
현) 도서출판 한글 대표(울타리 발행인)

홀로코스트(10)

"짐작이 간다고요?"

"내가 유대인이 아니냐는 거겠죠? 맞아요. 나도 유대인이에요. 신앙이 깊은 집안에서 태어났어요. 프랑스가 독일 점령군의 치하에 있는 동안, 나는 가짜 신분증을 구해 가지고 아리안 사람으로 행세했어요. 그 때문에 강제노동자 대열에 끼이게 되었던 거예요. 그리고 독일로 추방될 때 수용소를 탈출했어요. 그 당시 작업장에서는 내가 독일 말을 할 수 있다는 사실을 아무도 몰랐어요. 아마 당신은 그 점이 미심쩍었겠지만요. 사실, 당신에게 몇 마디 한 것도 여간 위험한 일이 아니었어요. 하지만 난 당신이 배반할 사람이 아니라는 걸 알았어요……."

이데크의 발작은 또 한 번 있었다. 그것은 독일군의 감시를 받으며 열차에 디젤 엔진들을 싣고 있을 때였다. 그때 이데크의 신경은 극도로 날카로운 상태였다. 그는 안간힘을 써서 자제하고 있다가 마침내 폭발하고 말았다. 이번에는 엘리위젤의 아버지가 그 희생자였다. 이데크가 고래고래 고함을 질러댔다.

"이 게으름뱅이 늙은 악마야! 네놈이 이 일을 망쳐놓겠다는 거야 뭐야?"

그러면서 그는 쇠막대기로 아버지를 구타하기 시작했다. 아버지는 처음에는 웅크린 자세로 맞고 있다가, 벼락을 맞고 꺾이는 나무토막처럼 허리가 꺾이며 땅바닥에 나뒹굴고 말았다.

엘리위젤은 자기 아버지가 그렇게 되는 광경을 꼼짝하지 않고 지켜보았다. 끝까지 가만히 있었다. 그때 아버지에 대한 걱정보다는 자신이 두들겨 맞지 않기 위해 무사히 도망갈 수 있는 방법을 궁리하고 있었다. 그때 그는 간수에 대해서가 아니라, 아버지에게 어떤 분노를 느끼고 있었다.

이테크가 발작을 일으킬 때, 피신하지 못한 아버지에 대해서 화가 났다. 집단수용소 생활이 그를 그렇게 만들어버린 것이다. 악대의 십장인 프라네크가 어느 날 엘리위젤의 입안에 금 치관이 있다는 것을 알아차렸다.

"꼬마야, 네 금 치관을 내게 다오."

엘리위젤은 치관이 없으면 음식을 먹을 수 없기 때문에 그것을 줄 수 없다고 했다.

"하지만 그들이 먹을 것을 많이 주는 것도 아니잖아?"

엘리위젤은 다른 핑계를 댔다. 치관은 이미 건강진단 때 명단에 올라 있으므로 그것이 없어진다면 당신이나 나나 곤란을 겪게 될 것이라고 말해 주었다.

"치관을 나에게 주지 않으면, 너는 더 많은 대가를 치르게 될 거다."

이 동정심 많고 이해심이 많던 젊은이는 어느새 전혀

다른 사람으로 돌변해 있었다. 그의 눈빛은 욕망으로 번뜩였다. 엘리위젤은 아버지께 의견을 물어 보아야 한다고 말했다.

"그럼, 아버지한테 물어 봐. 그리고 내일까지는 대답해 주어야해."

그 사실을 아버지에게 이야기하자 아버지는 금세 안색이 창백해졌다. 그러고는 한참 있다가 말했다.

"애야, 그건 안 돼. 그걸 주면 안 돼."

"안 주면 빼앗아 갈 거예요!"

"감히 그러지는 못할 게다."

그러나 프라네크는 엘리위젤의 약점을 알고 있었다. 그는 그 약점을 이용했다. 엘리위젤의 아버지는 군대 생활을 한 경험이 없었다. 그래서 행군할 때는 발을 제대로 맞추지 못했다.

한 장소에서 다른 장소로 이동할 때면 언제나 구령에 정확하게 발을 맞추어 행군하게 되어 있었다. 이때가 바로 프라네크가 아버지를 괴롭히고 야만적인 구타를 가할 수 있는 절호의 기회였다.

왼발, 오른발, 주먹 한 방! 왼발, 오른발, 방망이 한 대!

엘리위젤은 아버지한테 행군교습을 실시하여 구령에 맞추어 발걸음을 옮기는 방법을 가르치기로 했다. 그래서 시간 날 때마다 막사 앞에서 연습을 했다.

엘리위젤이 "왼발, 오른발!" 하고 구령을 하면 아버지가 거기에 따라 걸음을 옮겼다. 재소자들이 두 사람을 보고 웃어댔다.

"저 꼬마 장교님께서 늙은 친구에게 행군법을 가르치는 꼴 좀 보게. 이봐, 장군! 그 늙은이에게서 교습 대가로 빵을 많이 받나?"

그러나 아버지의 진도는 별 효과가 없었다. 프라네크의 주먹세례가 여전히 계속되었다.

"아직도 발을 맞추지 못한단 말야? 이 게으름뱅이 늙은 놈아!"

이런 장면이 2주일 동안 되풀이되었다. 엘리위젤은 더 이상 견딜 수가 없었다. 결국 포기하고 말았다. 엘리위젤이 그에게 굴복하는 날이 왔을 때, 프라네크는 야만스러운 웃음을 지으며 말했다.

"알고 있었지. 내가 이기리라는 걸 알고 있었다구. 더 늦기 전에 굴복하기를 잘한 거야. 나를 기다리게 한 대가로 넌 빵 배급을 한번 거르게 될 거야. 그 빵은 너의 치관을 뽑아주는 수고조로 나의 친구인 바르샤바 출신의 유명한 치과의사에게 주게 되어 있으니까."

"뭐라고요? 내 빵을 내 치관을 뽑는데 주어요?"

프라네크는 이빨을 하얗게 드러내 보이며 비웃었다.

"그럼, 어떻게 하면 좋겠니? 내 주먹으로 네 이빨을 부셔 놓을까?"

그 날 저녁, 바르샤바 출신의 치과의사가 세면장에서 녹슨 숟가락 하나로 엘리위젤의 치관을 뽑아냈다.

그 후로 프라네크는 친절해졌다. 가끔 그는 여분의 수프를 주기도 했다. 그러나 그것도 오래 가지 못했다. 2주일 후에 폴란드 사람들은 모두 다른 수용소로 옮겨졌기 때문이다. 엘리위젤은 그렇게 무참하게 치관을 빼앗기고 말았다.

그들 폴란드 사람들이 떠나기 며칠 전에 또 하나 새로운 경험을 했다.

어느 일요일 아침이었다. 그 날 모든 작업반은 일하러 나갈 필요가 없었다. 그러나 그 이데크가 막사 안에 머물러 있지 못하게 했다. 모두는 창고로 가야만 했다. 이런 갑작스런 작업열(作業熱)에 모두는 어리둥절할 수밖에 없었다. 이데크는 창고에 도착하여 모두를 프라네크에게 인계하면서 주의를 주었다.

"네 마음대로 해. 하지만 무엇이든 시켜야 한다. 그렇지 않을 땐 나한테 문책을 당할 줄 알아."

그는 그 한 마디를 남겨 놓고 사라졌다.

음탕한 비밀

모두는 무엇을 해야 할지 몰랐다. 쭈그리고 앉아 있기에 싫증이 나서, 모두는 어슬렁거리면서, 혹시 군속들이 남기고 갔을지도 모르는 빵 조각을 찾기도 했다.

엘리위젤이 건물의 뒤쪽까지 갔을 때, 문 옆의 작은 방에서 무슨 소리가 들렸다. 가까이 가보니, 이데크가 반쯤 벌거

벗은 폴란드 처녀와 매트리스 위에 누워 있는 것이 보였다. 그제야 이데크가 무엇 때문에 모두를 수용소 안에 있지 못하게 했는지 알 수 있었다. 그는 그녀와 단둘이 노닥거리기 위해서 백여 명의 재소자들을 밖으로 내쫓았던 것이다! 너무나 우스꽝스러운 일이었다.

이데크가 벌떡 일어났다. 그는 사방을 두리번거리다가 엘리위젤을 발견했다. 그 사이에 여자는 허겁지겁 젖가슴을 가렸다. 엘리위젤은 도망치고 싶었다. 그러나 두 다리가 땅바닥에 붙어서 한 발자국도 움직일 수 없었다. 이데크가 어느새 곁으로 와 멱살을 움켜잡았다.

그는 음성을 낮추어 말했다.

"이 새끼, 기다려라. 작업장을 이탈하면 어떤 대가를 치르는지 네놈에게 보여줄 테니까. 네놈은 곧 대가를 치르게 될 거다. 허지만 지금은 네 자리로 돌아가."

이데크는 보통 작업이 끝나는 시간보다 반시간 빠르게 재소자들을 집합시키고 점호를 취했다. 무슨 일이 있었는지 아무도 몰랐다. 이 시간에, 그것도 낮에 벌써 점호를 취하다니! 그러나 엘리위젤은 알고 있었다. 그는 짧게 훈시를 했다.

"일반 재소자에게는 다른 사람의 일에 관여할 권리가 없다. 그런데 여러분 가운데 한 사람은 그것을 이해하지 못하는 것 같다. 그러므로 나는 지금 그에게 분명한 사실을 가르쳐 주기로 했다."

엘리위젤은 등줄기에 땀이 났다.

"A-7713!"

엘리위젤은 앞으로 나갔다.

"상자를 가져와!"

그의 명령에 재소자들이 상자를 하나 가져왔다.

"그 위에 누워! 엎드리란 말이야!"

엘리위젤은 엎드렸다. 그리고 채찍으로 때리는 소리 이외에는 아무것도 의식할 수 없었다.

"하나……. 둘……."

그는 숫자를 헤아렸다.

그는 일부러 간격을 두고 천천히 채찍질을 가했다. 처음 몇 대는 정말 아팠다. 그리고 그가 숫자를 헤아리는 소리도 들을 수 있었다.

"열……. 열하나……."

그의 목소리가 착 가라앉은 것 같고, 두꺼운 벽의 저쪽에서 들려오는 것 같았다.

"스물셋……."

두 대 남았군, 하고 엘리위젤은 반쯤 의식을 잃은 채 생각했다. 그는 시간을 길게 잡았다.

"스물넷……. 스물다섯!"

채찍질이 끝났다. 그러나 엘리위젤은 이미 실신해 있었으므로 그 사실을 모르고 있었다. 찬물을 한 양동이 뒤집어 쓰고서야 의식이 들었다.

엘리위젤은 아직도 상자 위에 엎어져 있었다. 그리고 희미하게나마 주위가 젖어 있다는 것을 알 수 있었다. 그때 누군가 고함을 지르는 소리가 들렸다. 엘리위젤은 그것이 이데크의 고함이라고 생각했다.

"일어서!!"

엘리위젤은 일어나려고 움직여 보았지만 몸이 상자에 다시 달라붙는 느낌을 받았다.

"일어낫!"

그가 더욱 큰 소리로 외쳤다.

엘리위젤이 그에게 대답할 수 있었다면 얼마나 좋았을까? 그러나 그는 아무리 애를 써도 입을 열 수가 없었다. 이데크의 명령을 받고 두 재소자가 엘리위젤을 일으켜 그 앞으로 데리고 갔다.

"나를 똑바로 봐!"

엘리위젤은 그에게 얼굴을 돌렸으나 보이지 않았다. 다만 아버지를 생각하고 있었다. 아마 아버지는 자기보다도 더 고통스러워하고 있으리라.

이데크가 싸늘한 어조로 말했다.

"내 말 잘 들어, 이 못된 새끼야! 이건 너의 호기심에 대한 대가야. 앞으로 만일 네가 본 것을 발설할 경우엔 뜨거운 맛을 다섯 번 더 보여주겠다. 내 말 알아들었나?"

엘리위젤은 머리를 한 번, 아니 열 번이나 끄덕였다. 아니 끊임없이 끄덕였다. 마치 언제까지나 그치지 않고 "예"라고만 대답하기로 결심이라도 한 것처럼.

어느 일요일. 그 날은 엘리위젤의 아버지를 포함하여 반은 작업장에 나가고, 엘리위젤을 포함한 반은 막사에 남아 있었다. 막사에 남은 모두는 모처럼의 기회를 십분 이용하여 아침 늦게까지 침대에 누워 있었다.

그런데 10시쯤 사이렌이 울렸다. 공습경보였다. 내무반장들이 몰려와 모두 막사 안에 모이게 하고 친위대원들은 방공호 속으로 대피했다. 경보가 울리는 동안에는 보초들이 망대의 초소를 비우고, 철조망 울타리에 흐르는 전류도 끊겼으므로 탈출하기가 비교적 용이했다. 그 때문에 친위대원들은 막사 밖으로 나오는 사람은 누구를 막론하고 사살하라는 명령을 받고 있었다.

몇 분 사이에 수용소는 풍랑 치는 바다에 뜬 조각배처럼 되었다. 길 위에 살아 움직이는 것이라고는 하나도 없었다. 취사장 근처에는 뜨거운 수프가 반쯤 담긴 채 흐르고 있는 커다란 솥이 두 개 버려져 있었으며, 길 한가운데도 그것을 지키는 사람이 없었다.

수백 개의 눈이 무럭무럭 김이 나는 수프가 든 솥을 바라보며 식욕의 불꽃을 튀기고 있었다. 그것은 백 마리 늑대가 두 마리의 양, 주위엔 한 사람의 양치기도 없는 두 마리의 양을 노리고 있는 장면 같았다. 버려진 채 수프가 끓고 있는 두 개의 솥, 그것은 하늘이 내린 선물이 아닐 수 없었다. 그러나 누가 감히 그것을 향해 달려갈 수 있을까!

공포가 굶주림보다 강했던 것이다. 그러나 그때, 37번 막사의 문이 갑자기 소리 없이 열리는 것이 보였다. 그와 함께 한 사람이 밖으로 나와 큰솥이 있는 곳을 향하여 벌레처럼 기어갔다.

수백 개의 눈길이 그의 일거일동을 따라갔다. 수백 명이 그와 함께 무릎을 자갈에 긁혀 가며 기어가고 있었다. 모든 사람의 심장이 떨리고 있었다. 무엇보다도 부러움으로 떨리고 있었다. 그 사람은 감히 도전하고 있었던 것이다.

마침내 그 사람이 첫 번째 솥에 당도하자 모든 사람의 심장이 사뭇 뜀박질을 했다. 그는 성공한 것이다. 질투심이 활활 타오르며 모두를 지푸라기처럼 불태웠다. 모두는 그 사람에 대해서 조금도 탄복할 생각은 없었다. 불쌍한 영웅, 수프 한 그릇 때문에 자살행위를 하다니! 모두는 마음속으로 그를 죽이고 있었다.

솥 옆에 이르러 한동안 사지를 쭉 펴고 엎드려 있던 그 사람은 솥의 가장자리에 닿기 위해 몸을 일으키려고 안간힘을 썼다. 허약 때문인지, 아니면 공포 때문인지 그는 중도에서 잠깐 멈추었다. 마지막 남은 힘을 모으기 위해서 기를 쓰고 있음이 분명했다. 마침내 그는 솥 언저리 위로 몸을 끌어올리는데 성공했다. 그는 잠깐 동안 수프 속에 비친 자신의 유령 같은 몰골을 들여다보는 모양이었다. 그러더니 뚜렷한 이유도 없이 갑자기 무서운 비명을 질렀다. 그것은 지금껏 들어본 적이 없는 숨넘어가는 소리였다. 이어서 그는 입을 딱 벌리고 아직도 김이 무럭무럭 나고 있는 수프 속에 머리를 들이밀었다. 모두는 더 이상 격렬한 분노를 참지 못하고 일제히 뛰쳐나갔다. 모두는 얼굴이 온통 수프 국물에 덮인 그를 끌어내어 땅바닥에 눕혔다. 그는 솥 옆에서 몇 초 동안 몸을 비틀어댔다. 그러고는 더 이상 움직이지 않았다. 그때 비행기 소리가 들려오기 시작했다. 그와 거의 동시에 막사들이 흔들리기 시작했다. 누군가 소리를 질렀다.

"부나를 폭격하고 있다!"

엘리위젤은 아버지를 생각했다. 그러나 우선 기뻤다. 수용소의 모든 시설물이 불타고 있는 광경을 본다는 것— 그것은 얼마나 통쾌한 복수인가! 모두는 독일군이 여러 곳의 전선에서 패퇴하고 있다는 이야기를 많이 들어왔지만, 그 이야기를 어디까지 믿어야 할지 몰랐었다. 그런데 그 이야기가 현실로 나타난 것이다!

모두는 조금도 무섭지 않았다. 그러나 만일 막사 위에 폭탄이 한 개라도 떨어진다면, 그것만으로도 그 자리에서 수백 명의 희생자가 생길 것이다. 그래도 모두는 죽음을 두려워하지 않았다. 아무튼 그런 종류의 죽음은 두렵지 않았다. 떨어져 폭발하는 폭탄마다 모두에게 기쁨을 안겨 주었고, 삶에 대한 새로운 자신감을 심어주었다.

공습은 한 시간 이상 계속되었다. 공습이 열 시간 동안 열 번만 계속되었더라면……. 별안간 주위는 다시 고요해졌다. 미국 비행기의 마지막 소리가 바람에 실려 멀리 사라졌다. 모두는 다시 무덤 속으로 돌아와 있는 자신들을 발견했다. 거대한 검은 연기 한 줄기가 지평선 위로 치솟고 있었다. 사이렌이 다시 한 번 울리기 시작했다. 공습경보가 해제된 것이다.

모두들 막사 밖으로 나왔다. 모두는 불과 연기로 오염된 공기를 마시고 있었지만, 눈은 희망으로 빛나고 있었다.

아우슈비츠 제2 수용소의 일부

수용소의 중앙에 위치한 집합장 부근에 폭탄이 하나 떨어졌지만 폭발하지 않았다. 모두는 그것을 수용소 밖으로 들어내야 했다.

수용소 소장과 보좌관들이 간수장들을 데리고 막사 사이의 통로를 따라 순시했다. 그의 얼굴에는 공포의 기색의 완연하게 나타나 있었다.

유일한 희생자, 수프로 얼굴이 더럽혀진 그 사람의 시체는 수용소의 한복판에 누워 있었다. 수프 솥은 취사장 안으로 운반되었다. 친위대원들도 망대의 초소에 있는 기관총

뒤로 돌아갔다. 막간은 끝난 것이다.

한 시간쯤 후에 작업에 나갔던 재소자들이 평상시와 같이 발을 맞추어 돌아왔다. 엘리위젤은 아버지의 모습을 보자 기뻤다. 아버지가 말했다.

"건물 여러 채가 납작해져 버렸단다. 하지만 창고는 아무 피해도 입지 않았다."

오후에, 모두는 잔해를 치우기 위해 유쾌한 기분으로 나섰다.

일주일 후, 모두는 작업장에서 돌아오는 길에 수용소 중앙에 있는 집합장에 까만 교수대가 하나 세워져 있는 것을 보았다.

모두는 점호가 끝날 때까지는 수프를 배식하지 않는다는 얘기를 들었다. 보통 때보다 배식시간을 늦춘 것이다. 이 명령은 다른 날보다 더 엄중하게 내려졌다. 그래서 이상한 소문이 퍼져 나갔다.

"탈모!"

수용소 소장이 별안간 고함을 질렀다.

만 개의 모자가 동시에 벗겨졌다.

"착모!"

만 개의 모자가 번개처럼 머리 위로 다시 올라갔다.

사선을 여러 번 넘은 쓰라린 추억

조 신 권

「새시대문학」, 평론 등단, 저서 『존 밀턴의 문학과 사상』 외 다수. 미국 예일대학교 객원교수, 연세대학교 영어영문학과 명예교수, 총신대학교 초빙교수, 한국밀턴학회 회장 역임.

이번호에는 특별히 울타리에 세계명작 감상을 해주시고 천국으로 가신 조신권 박사님의 '6.25수난의 증언' 문집에 게재된 내용을 전재합니다. 한 사람의 체험담이라기보다 한국인이 다 겪은 수난기이고 바른 역사관을 남기신 글이라 평가됩니다.

말 빼앗긴 서러움

국가적인 치욕을 잊지 않기 위하여 정한 날이 국치일이다. 중국과는 달리 우리나라에서는 1910년 8월 22일 한일합방문서(韓日合邦文書)에 조인, 동월 29일 이를 발표함으로써 일제에 강제 합방한 날이 바로 국치일이다. 참으로 분하고 수치스러운 날이라 아니 할 수 없다. 내가 태어나기 24년 전 이미 이 땅의 강토는 왜인(倭人)들의 말발굽에 유린되어 가고 있었다.

이후로부터 해방되기까지 36년간 우리나라는 주권을 빼

앗긴 채 굴욕적으로 살게 된다. 한일합방이 이루어지자 왜인들은 고유한 우리 문화의 씨를 말리려고 식민지 반문화정책을 펴나갔다. 강압적으로 창씨개명을 단행하였고, 단발령을 내려 어른들의 상투를 잘라버렸으며, 한글 대신 일본말을 쓰게 하였던 것이다. 더욱이 그들은 집집마다 '아마데라스 오미가미'라는 신을 두고 섬기게 하였으며 신사참배를 강요하였다.

해방이 되던 해 나는 소학교(초등학교) 5학년이었다. 나는 황해도 안악군 서하면 한 산골 마을에서 해방을 맞았다. 아주 어린 나이에 요즈음 내 또래의 아이들이 감히 상상도 못하는 고초를 겪고 어른 못지않은 상처를 받았다. 강압에 못 이겨 우리말 대신 일본말을 써야만 했고, 우리의 동요 대신 왜요(倭謠)를 부르지 않으면 안 되었다.

나는 그때 말과 노래를 빼앗긴 채 '기미가요'(일본국가)나 부르고 '덴노헤이카 반자이'(천황폐하 만세)나 외치며 살았으니 무슨 꿈인들 품을 수 있었겠는가? 미래를 내다보며 꿈을 꿀 수 있는 사람은 참으로 행복한 사람이라 아니 할 수 없는데, 어린 시절 이런 꿈을 빼앗긴 채 말 못할 서러움 속에서 기를 펴지 못하고 살았다.

일제는 1937년부터 우리나라의 모든 학교에서 우리말을 가르치는 조선어 시간을 없애고, 일본말 쓰기만을 강요했다. 이 같은 우리말 말살 시책은 날이 갈수록 강화되었고, 1940년 미나미 지로(南次郎) 신임 조선총독이 부임하자 창씨개명과 함께 우리말을 완전히 쓰지 못하게 하였다. 이를 전후하여 우리말 신문인 동아일보와 조선일보도 폐간되었고, 마지막까지 우리말의 맥락을 유지하던 순수문학지 『문장』도 그 이듬해인 1941년 4월 폐간됨으로써 우리나라는 완전히 벙어리처럼 되고 말았다. 어문으로 뜻을 세우고 나가려고 하는 사람들에게 있어서 그 어문을 빼앗긴다는 것은 죽음을 의미했다. 모국어를 잃은 분노와 절망은 무엇에도 비길 수 없이 크고 깊었다. 자라나는 아이들이 우리말을 빼앗겼다고 하는 것은 돋아나는 싹을 잘라놓은 것이나 다름이 없었다.

소학교에서 일인교사들이 가르치는 일본식 교육을 받기는 했지만, 그러나 그것도 일제 말기에는 수업은 뒷전이고 날마다 각반을 차고 다니며 군사훈련을 받아야 했고, 시도 때도 없이 동원되어 관솔을 따다 바치지 않으면 안 되는 거의 노예나 다름없는 삶을 살았던 것이다. 왜인들은 고사리 같은 손으로 따서 모아온 관솔로 기름을 짜서 비행기 연료로 썼다고 한다. 유기그릇도 전부 공출로 바치지 않으면 안 되었다. 그것도 모르기는 해도 병기를 만들어 쓰는데 이용되었을 것이다. 기껏 농사를 지어 놓으면 공출이라는 명목 아래 강제로 빼앗아갔다. 농민들은 농사를 짓고도 굶지 않으면 안 되는 농노에 불과했다. 소기의 목적을 달성하지 못하면 집집마다 뒤져서 있는 대로 마구 가져갔다. 내가 이런 노예문화 아래서 자란 아무것도 배운 것 없는

그런 노예였다. 이때 당한 굴욕과 수모 그 아픔은 잊으려
해도 잊히지 않는 트라우마다. 그래도 다행스러운 것은 일
찍이 기독교를 받아들여 목사가 된 아버지와 자애로운 어머
니로부터 신앙을 물려받은 것이었다. 그 작은 신앙이 있었
기에 견디기 어려운 강압과 탄압에도 굴하지 않고 강한 용
수철처럼 미래의 꿈을 향하여 튈 수 있었던 것이다.

일본인들의 압제와 압박은 오히려 나에게 있어서는 금을
연단하여 정금을 만들어내는 풀무나 용광로 같은 것이었
다.

광복의 기쁨은 곧 사라지고

1945년 8월 15일에 제2차 세계대전이 연합군의 승리로
종전되면서 다행스럽게도 우리는 일본의 압제로부터 자유
해방을 얻게는 되었지만, 그 해방의 기쁨 속엔 또 다른 불행
의 씨앗이 깊숙이 숨겨져 있었다. 그 불행한 씨앗이란 미군
과 소련군이 그럴듯한 명분을 내세워서 남과 북으로 진주해
들어오게 된 것이다. 그들의 명분은 패전국인 일본 군대를
무장 해제시킨다는 것이었지만 사실인즉 승전국들의 국익
챙기기를 위한 야욕에서 비롯된 것에 불과했다.

25군사령관 이반 엠 치스타코푸를 앞세워 소련군은
1945년 8월 9일 한반도에 진주하였고, 그 해 9월 7일에
미군의 하지 중장이 미 제24군단을 일본의 오키나와로부터
이끌고 인천에 상륙하였으며 12일에는 아놀드 장관이 군정

을 실시하였다. 그러나 분단이 현실화된 것은 1945년 12월 모스크바에서 열린 미·소·영 3개국 외상회의의 결의에 의한 것이라고 생각한다. 그들의 결의 내용은 한국의 통일 독립을 위하여 5년간의 유예기간을 두고 신탁통치를 하자는 것이었다. 그들이 내세운 신탁통치의 이유는 한반도를 민주국가로 발전시키고 남북 정치인들의 정치활동을 원활하게 하는 것을 도와준다는 것이었다.

이런 모스크바 3개국 외상회의의 결의 내용을 놓고 남북에서는 신탁과 반탁, 두 갈래로 갈려서 치열하게 투쟁을 벌였다. 북한보다는 남한이 신탁통치에 더욱 강렬한 반기를 들었었다. 이북에서는 조만식 장로를 비롯한 극소수의 기독교계 인사들과 평양신학교 학생들만이 신탁 반대 운동을 벌였으나 이남에서는 신탁통치를 거국적으로 결사반대하였다.

우리 강토는 이처럼 우리들의 의사와는 전혀 상관없이 외세에 의해서 분단되었다. 그래서 우리 민족은 더욱 울분을 토로하는 것이다. 좀 더 솔직하게 말하자면, 소련은 러시아의 남진정책의 일환으로 북쪽에 진주하였고, 미국은 극동정책의 일환으로 아시아와 태평양권의 세력 판도를 위한 전초기지를 구축하기 위해 남한에 진주하게 된 것이다.

이북으로 소련군이 진입하였을 때, 우리 가족은 상지 마을에 살고 있었다. 이북으로 진입한 소련군은 흔히 양콥스키라고 하는 백계노인(白系老人)들과는 완전히 달랐다. 백계

노인들은 대부분이 귀족 출신으로 얼굴들이 희고 교양이 있으며 점잖은 편이다. 그런데 이북으로 진입하여 들어온 소련군들은 그들과는 딴판으로 시뻘건 얼굴에 우람한 체격을 가진 인상이 아주 험상궂은 사람들이었다. 사실 그들은 대부분 시베리아 감옥에서 방금 출소한 흉악범들이었다고 한다. 주둔지에서 그들은 으레 민가를 덮쳐 시계나 재산이 될 만한 물건들을 닥치는 대로 약탈하기 일쑤였고, 집을 뒤져 아낙네들을 잡아다가 돌아가며 능욕하기도 예사였다. 그들이 소련말로 외쳐대던 '다와이'(달라)라는 말과 그 야만적인 행태는 수십 년이 지났는데도 지금까지 잊을 수 없다.

소련군과 공산당이 잽싸게 점령한 북한 땅에 머물고 있던 일본인들은 처참하기 그지없었다. 그들은 그야말로 몸뚱이 하나, 목숨 하나 부지하여 자기 나라로 돌아갈 수 있는 것만 해도 감지덕지할 판이었다. 패물 나부랭이, 세간 하나 몸에 지니지 못한 채 밥도 먹지 못하게 하고 내쫓았다. 훗날, 월남하여 들어보니 남한 땅에서는 참으로 후한 대접을 받아가며, 가질 것 다 가지고 편안히 배 태워 보냈다는 말을 들었다. 소련군이 이북으로 들어와 김일성을 앞세워 펼친 정치노선은 공산주의였다. 공산정권이 들어서면서 근본적으로 자기들의 사상노선과는 배치되는 기독교를 박해하기 시작하였고, 그 당시 민족의 지도자격이었던 목사님들을 핍박하고 잡아 가두기 시작하였다.

당국의 체포영장이 떨어졌다는 말을 전해 듣고 아버님께

서는 공산당 정권의 박해를 피하기 위하여 부랴부랴 1946년 5월경에 홀로 월남하셨다. 아버님께서 월남하신 이후 1년 동안 우리 가족은 반동분자의 가족이라는 낙인이 찍혀 말할 수 없는 고통을 당하며 겨우 목숨만 이어갔었다. 감시가 너무 심해서 교인들조차 우리를 돕고 싶어도 도울 수가 없었다. 살 길이 막막하여, 우리는 하는 수 없이 스스로 살 길을 찾지 않으면 안 되었다. 그래서 생각해 낸 것이 나무를 해서 파는 일이었다.

간신히 구한 도끼를 가지고 뒷산으로 올라가 거기서 생나무가 아닌 나무 등걸 같은 것들을 힘들게 찍어 자르거나 캐내어 장터에 내다 팔았다. 그 나무를 판 돈으로 쌀을 한두 되씩 사다가 입에 풀칠이나 하면서 지냈다. 이때 소년 가장으로서 겪은 나의 고통은 당해 보지 않은 사람은 어느 누구도 알 수가 없을 것이다. 공산 치하에서 우리가 산 생활은 마치 생지옥에서 족쇄 차고 고통스럽게 사는 것과 같은 그런 끔찍스러운 형국이었다.

우리 가족은 견디다 못해 월남하기로 결심하고 꽤나 비싼 돈을 주고 구한 안내인의 인도를 받으며 해주에서 육로로 38선을 넘다가 소련군에게 붙잡혀 상스럽게 끌려가 많은 곤욕을 치르기도 하였다. 그러기를 거듭하던 끝에 네 번째 만에야 겨우 38선을 넘을 수가 있었다. 38선을 넘어 개성 접경 도시인 장단으로 들어왔을 때의 그 감회는 무엇이라고 형용할 길이 없었다.

장단 피란민 수용소에서 주는 꽁보리 주먹밥으로 며칠을 지내고 나서 절차를 밟아 개성을 거쳐 서울로 왔다. 공산당의 야만적인 횡포를 경험한 나로서는 체질적으로 공산당을 싫어하지 않을 수 없게 되었다. 특히 90에 가까운 할머니를 죽창으로 난도질해서 살해했다는 사실과 매형을 반동분자로 몰아 인민재판을 거쳐 총살시켰다고 하는 이야기를 훗날 전해들은 나는 공산당에 대해 더욱 분노하지 않을 수 없었다. 그런데도 기독교인들 가운데는 공산주의와 타협하자고 하는 사람들이 많이 있었다. 이런 기독교인들을 만날 때 심한 충격과 갈등을 느끼지 않을 수 없다.

생명의 은인, 한 이름 모를 대위에 대한 회고

1950년 3월에 나는 신흥중학교를 마치고 광주 숭일고등학교로 전학하였다. 그것은 아버지께서 전라남도 광산군 송정읍 송정교회로 목회지를 옮겼기 때문이었다. 물론 송정읍내에도 고등학교는 있었지만, 아버지께서는 기어코 미션스쿨인 숭일고등학교로 전학하게 하였다. 송정리에서 광주까지는 근 삼십 리 길이었다. 물론 기차 통학도 가능했지만 나는 현재 광주에 살고 있는 주기철 장로와 작년에 소천한 나홍석 목사와 함께 자전거 통학을 하였다. 그것은 무척 고된 일이었지만 매우 신나고 재미있는 일이었고 건강에도 큰 도움이 되었다.

광주 숭일고등학교로 진학한 지 겨우 3개월이 채 안 되어서 6.25전쟁이 일어났다. 1950년 6월 26(월)일에도 다른 날과 마찬가지로 아무것도 모르는 나는 자전거를 타고 지각하지 않으려고 열심히 양림동에 있는 학교까지 서둘러서 갔다. 그런데 이상하게도 학교 교실 안의 분위기는 썰렁하였고 학생들은 두서너 명씩 모여서 쑥덕쑥덕 술렁대는 것이 무엇인가 심상치 않았다. 무슨 일이 있느냐고 물었더니 급우들은 나에게 확실치는 않지만 어제(6월 25일) 북괴군이 탱크를 앞세우고 38선을 넘어 남한으로 쳐들어왔다고 말해주었다. 고등학교 3학년생들 중에는 혈서를 쓰고 의용군으로 지원하는 학생들이 꽤 있었다. 그들은 대부분 이북에서 넘어온 사람들로서 서북청년단 소속 학생들이었다.

숭일고등학교 시절 가장 가깝게 지냈던 친구는 현재 미국의 L. A.지역에서 역동적인 목회를 하다 지금은 은퇴한 천방욱 목사다. 나는 방욱에게 집으로 돌아간다는 말을 남기고 곧장 자전거를 몰고 집으로 돌아왔다. 아버님께서도 근심 어린 표정으로 내가 오는 것을 보시고는 반겨 맞으며 방송에 계속 귀를 기울이셨다. "서울은 절대로 사수하겠으니 시민은 안심하라."는 방송이 잇달아 흘러 나왔다. 그러나 시민과 함께 서울을 사수하겠던 이승만 대통령은 고관들을 거느리고 어느새 대전으로 철수하였고, 6월 28일 새벽 한강 인도교는 작전상 폭파되었다. 27일 밤에서 28일 새벽에 걸쳐 서울로 북괴군은 탱크를 몰고 진격하여 들어왔다.

사태가 심각한 것을 직감한 아버님께서는 가족을 대동하고 목포까지 갔었다. 그것은 목포에서 배를 타고 제주도로 가기 위한 것이었다. 그러나 이미 목포에서 떠나는 제주행 배는 모두 끊어진 상태였다. 하는 수가 없어서 우리 가족은 그 길로 돌아서서 기차를 타고 순천까지 갔다. 순천 매산학교 교목으로 계셨던 손두환 목사님 댁에서 이틀 동안 신세를 지고 가지고 갔던 많은 짐들 중에서 꼭 필요한 것들만 챙겨 가지고 도보로 피란길에 올랐다.

6월 30일쯤 우리는 섬진강을 건너 하동 땅으로 들어가기 위해 남부여대하고 출발하였다. 나는 소위 이민가방이라고 하는 아주 큰 가방에다 미싱(재봉틀) 대가리와 식기류를 넣어 짊어지고 다녔다. 지금 생각하면 피란길에 재봉틀 대가리를 떼어 짊어지고 다녔다고 하면 개도 웃을 일이다.

그러나 그 당시에 있어서 재봉틀은 재산 목록 1호쯤 되니까 꽤나 소중한 것이었다. 후일 피란지에서 송정리로 돌아와 요긴하게 사용하기도 하였다. 그 무거운 가방에 짓눌리고 잘 먹질 못한 탓이었는지 그만 내 키는 1미터 65센티미터로 멈추고 말았다.

손두환 목사님의 사택을 떠나 순천군청 앞에 이르렀을 때, 양민을 잡아 오열(五列)로 세워놓고 총살하는 장면을 두 눈으로 똑똑히 목격하였다. 총 두 방을 맞더니 아무 소리도 못하고 두 눈이 풀리면서 픽 쓰러지는 것이었다. 산 사람을 눈 하나 깜짝하지 않고 죽이는 것을 처음으로 보았다. 그

충격은 오래오래 지속되었고 인생의 무상함과 전쟁의 비참함을 새삼 느끼게 하였다.

근 10여 일을 걸어서 간신히 후퇴하는 아군 패잔병들의 뒤를 따라 부산에 도착하게 되었다. 그 사이에 겪은 이야기들은 전쟁 시가 아니라면 아주 낭만적인 것으로 받아들일 수 있었겠지만, 뒤에서 울리는 대포 소리를 들으면서 지친 발걸음으로 하루에 백 리씩 걷는 일은 낭만이 아니라 죽지 못해 치르는 곤욕이었다.

비가 추적추적 처량하게 내리는 7월 초순 어느 날이었다. 아버지는 무거운 짐을 짊어지시고 여러 날 무리하게 걸어오신 데다 소위 학질이라고 하는 말라리아에 걸려서 고열이 나고 오한이 나서 도저히 더 이상 갈 수가 없었다. 그러나 전세는 그렇게 할 여유를 우리에게 주지 않았다. 하는 수 없이 어느 시골 외양간에서 가마니를 주워 쓰고 걷다가 지나가는 달구지가 있으면 사정해서 얻어 타고 가기도 하고 걷기도 하며 부산을 향하여 계속 행진하였다. 그 고역을 어찌 잊을 수가 있겠는가. 길 떠난 사람에게 있어서 가장 크게 서러운 것은 병을 얻는 일이 아닌가 한다.

다행히도 이렇게 어려운 가운데서도 아버지께서는 한 이틀 심하게 앓으시고는 거뜬하게 나으셔서 계속 진주를 지나고 마산을 거쳐 삼랑진까지 갔다. 때는 여름철이라 눕는 데가 방이고 하늘이 천장인 잠자리였다. 지나가면서 남의 밭 하지감자도 캐서 찌지도 않은 채 진(전분)이 흐르는

쌉쌀하고 아린 것을 생으로 먹던 기억은 다시 떠올리고 싶지도 않다. 오이나 참외도 따 먹고 아무 집이나 들어가 밥한술 구걸하여 주면 먹고 안 주면 굶은 채 잠을 자지 않으면 안 되었다.

그렇게 걷고 걸어 우리 가족은 지친 몸을 이끌고 부산에 도착하였다. 수소문해 보니 교역자들 가족들은 대부분 부산 초량동에 있는 초량교회에 모여 있다고 했다. 그래서 초량교회를 찾아가 보니 이미 재주 좋은 목사님들의 가족은 기차를 타고 편히 다 와 있었다. 그때 느낀 야릇한 심정은 누구도 알지 못하리라.

그곳에는 전국에서 피란 나온 목사 가족들과 전도사들이 거의 다 모여 있었는데, 그들은 6.25전쟁에 대한 책임을 통감하면서 통회 자복하며 참회의 눈물을 흘렸다. 이 일은 젊은 나에게 신선한 신앙적 충격을 주었다. 나도 이때 교역자들 틈에 끼어 한 번만 살려주면 주를 위해 '헌신하겠습니다'라고 기도하였다. 그 일을 충실히 지키지 못해서 나는 눈을 감을 수가 없다. 좀 더 살아서 내가 할 수 있는 최선의 헌신을 해야만 내 책임의 굴레에서 벗어날 수가 있을 것 같다.

일주일 후 우리 가족은 울산 방어진으로 이동하여 거기에 있는 방어진초등학교에서 약 3개월간 머물렀다. 이 3개월 동안 특별히 할 일이 없었으므로 시간이 날 때마다 나는 신구약 성경을 통독하였다. 그것이 후일 내가 교회 직분자로서 감당한 사역에 크나큰 도움을 주었다. 이곳에서 이환수 목사님의 동생 이명수 장로님 가족과 가깝게 지냈다. 이장로님의 온화하고 겸손한 모습에서 나는 의사라기보다는 성직자의 모습 같은 것을 보았었다. 지금까지 그런 말을 이 장로님께 한 일이 없다. 이미 그분들은 하나님의 부르심을 받은 지 오래다.

방어진초등학교에 머물고 있을 때 내 나이 열여섯 살쯤 되었을 것이다. 이때는 사춘기에 접어든 때라 모든 것이 신기하고 해보고 싶었다. 그래서 하루는 시내 구경을 나갔다가 강제 징병하는 틈에 끼어서 포항 전선으로 끌려갈 처지에 있었다. 이름도 기억되지 않는 한 대위가 나의 아버님 이름을 대면서 "조봉하 목사 아들 아니냐?"고 물어서, 그렇다고 했더니 눈짓을 하면서 뒤로 빠지라는 것이었다. 그는 당시 대위로서 모병관이었다. 그래서 나는 뒤로 슬슬 빠져서 포항 전선에 투입되지 않고 살아났다.

그때 포항 전선에 투입된 학도병들은 거의가 몰살되었다. 좋게 말해서 학도병이지 무기도 변변한 것 하나 지급되지 않았고, 총을 주어도 쏠 줄을 몰랐다. 그저 방아쇠 당기는 법만 가르쳐 다급한 불을 껐던 것이다. 이때 투입된 학도병들은 사실 조국을 위하여 라는 아름다운 이름 아래 개죽음을 당한 억울한 희생양이라고 할 수 있다. 물론 학도의용병은 다르다. 그들은 대개 서북청년단을 중심으로 한 이북에서 넘어온 학생들로서 나라를 사랑하는 마음으로 자원하여 군대에 입대했기 때문이었다.

강제징병에서 나의 생명을 구해준 그 대위는 후일 서울 충무로 교회로 우리가 옮겼을 때도 자주 우리 집을 드나들었다. 그런 것을 보면 아버님하고는 상당히 친분이 두터운 것 같았다. 친분이라기보다는 아버지보다 훨씬 아래였으니까 스승처럼 따르는 아버지의 동생뻘 되는 분이었던 것 같다. 아버지가 돌아가시고 나서는 만나본 일이 없어서 생사를 알 수가 없다.

1950년대 우리 집을 드나들 때 들었던 바로는 이상○ 소령이라고 했었다. 그런데 지금은 그 이름이 생각나질 않는다. 배은망덕한 처사라 아니 할 수 없다. 사람이 어떻게 그리도 무심할 수 있단 말인가! 자신의 생명의 은인인 분의 이름도 기억하지 못한단 말인가! 지금은 후회막급이지만 과거로 되돌아갈 수가 없으니 후회는 그저 후회로 남을 뿐이다.

6.25 당시의 나의 모습을 돌이켜 보면 너무 부끄러워서 지울 수만 있다면 지우개로 지우고 싶다. 그런 일이 어디 한두 번뿐이겠는가? 그중에서도 은혜를 망각한 일은 용서받을 수 없는 대죄라 할 수 있다. 배은망덕은 단테의 『신곡』 '지옥편'에 따르면 가장 무거운 죄에 해당된다. 그런 의미에서 나는 죽어 마땅하다. 남자들은 철이 들면 죽는다는 말도 있기는 하다. 6.25전쟁을 겪으면서 직접 폭격을 당하거나 참전한 용사는 아니지만 천여 리 길을 걸어서 풍찬노숙(風餐

露宿하며 당한 공산군의 대포의 위협과 굶주림의 궁경은 죽음에 진배없는 고통이었고, 당시 사용하던 '빽' 없는 사람이 당하는 설움은 당해 보지 않은 사람은 알 수가 없다. 여름에 시체 썩는 냄새를 맡으며 사체 사이를 헤집고 다니면서 먹을 것을 찾던 일과 동족끼리 총부리를 겨누고 싸우는 바람에 꽃과 같은 나이에 꿈의 날개 한번 펴보지 못하고 죽어간 젊은이들과 학도병들을 생각하면 아직도 눈시울이 뜨거워진다. 죽음보다 더 심한 고통이 소외당하고 자유를 빼앗기는 일이다. 다시는 이런 동족상쟁의 전쟁은 없기를 바란다. 그렇다고 아무렇게나 통일만 되면 된다고 하는 생각도 위험하다. 반드시 나의 조국은 복음으로 평화 통일되어야만 한다.

김 홍 성

> 지식을 얻기 위하여 이것저것 많은 책을 찾는 것보다 분량은 적더라도 질적 수준이 높은 책을 선택하라. 악서가 아닌 책이라 해도 양서를 가려 읽는 것이 매우 중요하다.

독서관(讀書觀)

서재 안에는 누가 있는가?

거기에는 수천 년 간 개명국(開明國)으로부터 전해 온 현인들과 성공한 사람들, 그리고 그들의 연구와 업적들이 정돈된 채 기다리고 있어 언제고 누구나 그것들을 만날 수 있는 곳이다. 그것들은 책 속에 숨어 있기 때문에 가까이 하기 어렵고 멀어 보인다. 또한 그 책들은 모두가 함부로 다루면 노할 것 같고 아무하고나 어울릴 것 같지 않은 느낌을 준다. 그러나 친근한 벗에게도 털어놓지 않았던 그들의 진지한 사상이 서재에서 세기(世紀)를 달리하는 낯선 독자를 위해서 분명한 기록으로 살아 있다. 독자는 높고 슬기로운 경험에서 나온 매우 진귀한 연구와 사상을 책에서 얻을 수 있다. ─에머슨

인간은 지식을 반추하는 동물이다.

아무리 많은 서적을 서재라는 밥통 속에 넣는다 해도 그것으로 다 된 것은 아니다. 좋은 지식을 되풀이해 삭이고 또 삭여 자기의 것으로 만들지 않으면 책은 우리에게 아무 도움도 주지 않는다.— 록

저속한 작가가 쓴 저질 서적을 읽어 머리가 혼탁해진다든지 마음의 혼란이 없도록 조심해야 한다. 살과 피와 같은 지식을 얻고 삶에 귀중한 영양을 얻으려면 뛰어난 천재성과 지성이 있는 작가의 저서에 의해서만 가능하다. 부질없는 과독(過讀)은 두뇌를 과로하게 할 뿐.

하나를 읽어도 깊이가 있는 책을 읽어라. 때로는 잠깐 가벼운 책을 읽고 싶은 충동이 들더라도 다시금 곧 처음 서적으로 되돌아가기를 잊지 말라.— 세네카

양서를 읽을 기회를 놓치지 말라. 그렇지 않으면 후회할 날이 온다.— 트로오

독서는 생각의 샘이 메말랐을 때만 할 것이 아니다. 슬기로운 사람들에게도 흔히 있는 일이기는 하나 확고하지 못한 사상을 서적 때문에 망쳐 버리는 수도 있다. 이는 정신에 대한 중대한 범죄이다.— 쇼펜하우어

문학서에서도 삶에서와 똑같은 현상이 되풀이된다. 삶의 선택에 있어서도 어느 쪽을 택하든 소위 저속하다고 하는 사람들과 마주칠 것이다. 속된 말이지만 그들은 마치

날아다니는 파리 떼 같이 가는 곳마다 우글댄다. 그와 같이 세상에 악서(惡書)도 흔하다. 그런 책들은 사회의 좋은 싹을 문학이라는 이름으로 뭉쳐 버리고 결국 깜부기 같은 달갑지 않은 수확을 낸다. 그리고 훌륭한 과업과 고상한 인생문제로 소비해야 할 시간과 돈을 빼앗아 버린다.

악서는 무익할 뿐 아니라 유독한 것이기도 하다. 흔해빠진 문학의 홍수가 그저 무지한 대중의 호주머니에서 돈이나 긁어내려는 목적으로 출판되지 않는가? 그 같은 작가를 위해서 출판업자나 인쇄업자가 머리를 짜내어 서적의 수량만 불리고 있는 것은 더 큰 해악이다.

뜨내기 작가일수록 유독하고 부정하며 비양심적인 속임수로 독자를 우롱하고 여기 저기서 조금씩 표절하여 나열하는 일당벌이 꾼들은 독자의 취미를 어지럽혀 진실한 교양을 욕되게 한다.

그 같은 피해를 입지 않기 위해서는 그 따위 것들은 아예 쳐다보지 않는 것이 좋다. 어느 시대에나 대중의 고상한 주의를 끌어 세상의 평판에 오를 수 있는 서적을 읽어야 한다. 쉽게 말하자면 출판된 첫 해가 마지막 해가 되어 버리는 단명한 책을 향해 침을 뱉으라는 말이다.

우둔한 독자를 상대하는 작가는 좋은 독자를 잃는다. 사람은 모든 시대, 모든 국가를 막론하고 제 1급의 현인들, 민중 속에 종 탑처럼 우뚝 솟아 있는 천재들, 불멸의 영예를 확보한 성자들과 지기(知己)가 될 수 있는 서적을 구해 읽어야 한다. 그 같은 저자만이 민중을 바르게 교화시킬 수 있기 때문이다.

악서는 아무리 적게 읽어도 적다고 말할 수 없고, 양서는 아무리 많이 읽어도 과하다고 하지 않는다. 왜냐하면 악서는 정신에 독이 되어 머리를 둔하게 하지만 양서는 많이 읽을수록 인격을 고양시키기 때문이다.

그럼에도 저속한 대중들은 모든 시대의 양서를 읽지 않고 그저 현대의 최신작만을 읽으려 한다. 어느 시대고 뜨내기 작가의 글은 숨막힐 정도로 좁은 지식으로 쓸데없는 사족을 반복해 되풀이할 뿐이다. 그런 저속한 흥미에 빠지면 누구든 서적의 오염에서 빠져 나오기 힘들다.

— 쇼펜하우어

♣

육체의 독약과 정신의 독약과의 차이는 다음과 같다. 즉 육체의 독약은 대부분 그 맛이 불쾌한 것으로 끝나지만 하류신문이나 악서 속에 숨어 정신을 혼돈케 하는 독약은 매우 매혹적이다. 그런 글을 읽고 끌려가는 사람이 많으면 많을수록 사회는 사악(邪惡)해진다.

김홍성

여의도순복음교회 22년 시무
기독교하나님의 성회 교단총무
현) 상록에벤에셀교회 담임목사

종교의 예술 창조(5)

이 상 열

8. 인간 사유에 대한 기독교의 깊이

인간의 삶은 직·간접적으로 종교와 관련되어 있기 때문에 설령 우리들 생활이 종교의 테두리 안에서의 구애를 받지 않는다고 하더라도 종교에 대한 자기 표현은 우리들 주변에서 흔히 볼 수 있는 일이다. 또한 그러한 표현은 우리들 삶 속에서 흔하게 찾아볼 수 있기도 하다.

그런 가운데서도 유독 기독교만이 우리들 마음을 더욱 진하게 끌리게 하고 논의의 대상이 되기도 하는 이유는 어디에 있을까?

간단하게 요약하면 기독교가 인류에 미친 영향이 너무나 컸기 때문인 것이다.

앞에서도 지적했듯이 인류의 양대 흐름 속에서 기독교만큼 아직껏 우리들 마음을 끌게 했던 다른 어떤 유형의 흐름을 찾을 수 있을까?

실존이 그렇고, 유물론이 그렇고, 어떤 사회적 이념도 이를 대신할 만큼 우리의 관심을 유도해 내는데 성공하지 못했다. 따지고 보면 이들의 모든 이념은 기독교에 대한 반론이거나 아니면 동조에 지나지 않았다.

기독교가 인류의 근원에 대한 사유의 깊이에는 인간으로서는 도저히 해결할 수 없는 그 깊이를 지니고 있는데 곧잘 그 깊이 때문에 사람들은 이를 도용하려 했고, 그리고 모방해 보려고 했던 것이다.

신 사조는 언제나 기독교에서 떨어져나가 보려는데에 지나지 않았다.

그러나 애석하게도 기독교가 세속의 흐름 속에서 그 빛을 발한지는 이미 오래이고, 더욱이 신이 없어도 살아갈 수 있다는 듯한 현대사회는 마치 기독교적인 생활 습관이 전혀 존재하지 않는 듯한 느낌이다.

교회에 나가는 것은 형식적이고, 요식에 지나지 않으며, 그것은 마치 사람들의 사교장으로나 여기 듯이 되어버렸다.

대형 건물의 그 웅장한 모습은 그리스도의 삶과는 무관한 것 같다. 성도들은 좀 더 호화로운 곳을 찾아 하나님을 찾고 있는 것 같다.

이러한 영향은 18세기로 거슬러 올라갈 수 있는데 그들은 자연 산업의 반발로 삶의 궁극적 가치를 쾌락과 금권에 두고 있었다.

이로부터 세계는 급변하기 시작했다. 세상에서 살아남기 위해서는 종교보다는 사람을 지배하는 것이고, 그러기 위해서는 돈이나 권력이 있어야 했다.

오늘날의 기독교가 세속화된 것도 그런 연유에서다. 그러므로 이러한 책임은 교회에 있다고 해야 할 것이다.

신이 존재하지 않는다는 무신론자들은 그래도 그동안 꾸준히 그리고 열심히 세상에 신이 존재하지 않는다는 논제를 발표해 왔다.

이에 대해 기독교는 아무런 대응책도 마련하지 못했다. 그리스도께서 이 세상에 오신 목적은 그저 우리 인간을 구원하시기 위해서라기 보다는 우리 인간을 구속하셔서 참 사람이 되도록 하시기 위해서 이 세상에 오셨다는 것을 다시 한번 상기해야 할 줄로 믿는다.

9. 하늘 나라

예수란 어떤 분이신가?

그의 삶의 본질 속에 흐르고 있는 인격의 깊이는 복음서의 그것만으로도 충분하다. 여하간 그의 첫 메세지는 '하늘 나라'(Kingdom of Heaven)였다.

그는 '하늘나라'가 우리에게 가까이 다가왔음을 말해준다.

당시의 사람들에게는 이 '하늘 나라'라고 하는 것은 생소한 것이었다.

오늘날의 우리에게도 이 '하늘나라'의 개념은 모호하다. '하늘에 계신 우리 아버지' '하늘에서 이룬 것 같이' 등의 표현들은 확실히 현대인은 우리에게는 더 더욱 어울리지 않는다. 그러니까 당시의 사람들에게는 어떠했는지 뻔한 일이 아니었을까?

이 ′하늘나라′에 관한 우리의 견해는 그것이 우리의 현실적 공간이 아닌 초월적 공간(비현실적 공간)의 세계로 이해되고 있다.

그러나 이 ′하늘나라′의 토대로 기독교는 우리의 생활과 밀접한 관계를 맺게 되었다.

당시까지만 해도 이 ′하늘 나라′는 우리 인간이 갈수 없는 머나먼 나라로써 감히 엄두도 내지 못한 나라였다. 그러한 나라를 예수께서는 오르고 내리고 하셨던 것이다.

이는 예수께서 우리 현실 세계를 그 만큼 중시했다는 것을 의미한다. 왜냐하면 예수께서는 이 세상에서 선을 행하지 아니하고서는 이 ′하늘나라′에 갈 수 없다고 역설하고 계시기 때문이다.

이러한 점으로 보아 기독교는 영원한 것과의 관계에서 뿐만 아니라 인간생활과의 관계에서 인간의 내적 생활까지도 포함하고 있다고 본다.

종교란 인간의 내적 생명에 관계하는 예술이라고 하듯이 기독교도 또한 그러하다. 만약 기독교가 우리의 생활과는 아무런 관계가 없고, 오직 영원한 하나님과의 관계에서만 형성되어지는 것이라면, 그것은 종교가 의미하는 궁극적인 한계를 넘어선 것이라고 해야 마땅할 것이다.

여하간 이 '하늘나라'는 우리의 상상을 초월하고 있다. 이런 초월적 의미를 우리의 현실로 끌어내릴 수 있는 길은 오직 예술뿐이다.

이런 점에서 본다면 예수는 이미 그가 하나님의 아들이기 이전에 우리보다 한결 깊은 예술적 안목을 지니고 있었다고 보여진다.

그리고 우리는 이 '하늘나라'와 같은 표현을 문자 그대로 받아들일 때 그 의미 또한 상실되어 질 수 있다고 본다.

왜냐하면 표현에는 언제나 하나의 의미로만 나타나지 않기 때문이다. 예술에서는 이를 표현의 다양성이라고 한다.

또한 예수께서 말씀하신 이 '하늘 나라'는 우리가 실제로 경험할 수 없는 세계이기도 하지만 우리는 그 세계가 어떠하리라는 것을 미루어 추측해 볼 수 있다.

바로 이 미루어 상상해 낼 수 있는 우리의 표현을 우리는 기독교적인 예술의 표현이라고 해도 좋을 것이다.

10. 예술과 표현

예술이란 인간의 내적 갈등을 해소하려는 인간의 심미적 표현이기 때문에 표현의 행위는 예술적이다. 그리고 표현이란 것도 우리들 삶을 떠나서는 표현하기가 어렵다.

성서가 예술과 관계하고 있는가 하는 문제는 성서가 우리의 생활과 얼마나 밀접한 관계를 지니고 있는가 하는 문제와도 같다. 만약 성서를 믿지 않으려고 할 것이며, 나아가서 성서에 나타나고 있는 불가사의한 것들도 믿으려 하지 않을 것이다.

그것은 분명히 우리에게 의도하고자 하는 하나님의 뜻이 있을 것이다. 그리고 그러한 뜻을 이해하기 위해서도 우리는 우리의 안목을 집중시킬 수 있어야 할 것이다.

우리는 성서의 여러 곳에서 우리의 이성으로는 판단하기 어려운 부분들을 본다.

그러나 예술이란 삶에 대한 표현이기 때문에 그러한 표현들은 언제나 침일 수 있다.

우리는 성서를 논리적으로 판단하려는 사고방식을 바꾸어야한다. 성서가 논리적으로 추론할 수 없다는 것은 성서가 다분히 예술적이라는 성격을 띠고 있고, 그러한 예술성 때문에 우리는 그 유추를 한 마디로 단장하기가 힘든 것이다.

종교와 예술의 차이는 종교란 심오한 초월의 존재를 표현해 내기 어렵기 때문에 유추의 표현법을 많이 사용하는데 비해 예술은 그 표현이 다양하다는데 있다.

그 범위도 예술이 종교보다 훨씬 넓다. 특히 종교예술은 욥의 이야기나 그리스도의 비유담처럼 인간의 감정에 호소

하고 있다.

톨스토이도 예술의 힘은 인간의 인격을 형성한다고 보았던 것이다. 그런데 예술이 예술로서의 가치를 지니려고 한다면, 그것이 반드시 종교적이어야 한다는 기준은 찾기 어렵다.

오직 예술적 기준에 따를 수밖에 없다 그러나 종교와 예술은 무한에서 교차되는 오직 신 안에서만 이루어질 수 있다는 상호의존의 관계를 엿볼 수 있다는 것이다.

※게라투스 반대로 레우후(1890-1950)에 의하면 무용은 신의 율동을 반영하며, 연극은 신과 인간 사이의 성스러운 놀이를 전제로 하고, 또 언어 예술은 영원한 존재와 그 역사를 기리는 찬미가로, 건축은 잘 지어진 신의 도시에 있는 선으로, 그리고 음악은 성곡의 메아리로 나타난다고 한다.

그러므로 예술은 몸과 마음이 보이지 않는 합일, 즉 전인(全人)에서부터 시작되기 때문에 순수한 이념보다 성스러움을 전달하는데 더 효과적일 수 있다는 것이다.

그러기 때문에 만약 종교가 예술의 어떤 영감을 부여하고자 한다면 종교는 보다 종교적이어야 한다.

종교가 불성실하고 피상적일 때 예술적 작품도 그 빛을 발하게 된다.

그러므로 종교가 예술에 아무런 영향을 주지 않는다는

것은 사실이 아니다.

11. 기독교 예술의 이해

1) 종교와 예술의 분립

종교로부터 예술의 독립은 그리 오래되지 않는다. 오늘날 많은 예술인들은 종교로부터 예술이 완전히 분리되어야 하며 예술인들은 예술의 독자적 영역을 확대해 나갈 필요가 없다고 역설하게 되었다.

그래서 현대예술은 종교와 무관하게 그들 자신의 영역을 찾아나서게 되었다.

이제 현대 예술에서 종교적 의미를 찾고자 하는 것은 불가능하게 되었다.

사실 이러한 경향은 과학과 무신론자들의 사상적 영향이 컸기 때문이기는 하지만, 그 동안 기독교가 예술에 얼마나 등한시하였는가를 보여주는 일면이기도 하다.

그리고 또 기독교는 예술을 제한적으로 받아들인데 비해 예술인들은 그들의 활동 범위를 넓히기 위해서 보다 광범위한 제재를 선택하는데 그들의 정열을 쏟았다고 보고 싶다.

이와같이 현대예술이 걷잡을 수 없이 변모해가고 있는 것은 날로 변화해 가는, 그리고 정보화 해가는 현실사회에서의 독자들에게 그 욕구를 충족시켜 주자는데 있고, 그리고 한편으로는 그들의 독자를 더 많이 확보하려는 데에도 있다고 보아야 할 것이다.

따라서 그들 표현 또한 다채롭고, 다양하다고 볼 수 있으며, 그 기법 또한 실로 놀라울 정도의 성과를 거두고 있다고 보아지고 있다.

이렇게 예술이 종교로부터 떨어져 나와 날로 놀라운 성장을 거듭나게 되자 일부 기독교에서는 이를 세속적이라 보게 되었다.

세속적이란 서구 유럽의 근대화 과정에서 정신적으로 일기 시작했던 지속적인 삶이 세속화 과정의 추세라고 볼 수 있는데 그것은 근대 시민의 종교에 대한 상실을 뜻한다.

피코 미란도라는 '인간의 존엄성에 관한 연설'에서 이를 잘 표현해 주고 있다.

글에 의하면 인간은 하나님의 법에 의해서 제한받지도, 책임도 지지 않을 뿐 아니라 인간은 그가 원하기만 하면 신도 되어질 수 있다는 것이다.

이같이 근대사회가 인간중심으로 옮겨가게 되고, 예술도 이에 보조를 같이 하게 되자 종래의 기독교 예술도 그 영역을 상실하게 되었다.

그래서 일부에서는 다시 예술을 종교에 귀속시켜야 한다는 목소리를 높이게 되었는데 예술을 다시 종교에 흡수시키기 시작한 것은 최근의 일이었다.

그렇지만 여전히 현대 예술 앞에서는 그 빛을 발하지 못하고 있는 실정이다.

그럼 예술이 종교로부터 분리 독립해서 존재할 수 있는 가?

예술이 종교로부터 분리독립했을 때의 문제는 종교로부터의 우리들 삶의 내면적 균형이 예술로 인해 파괴되어 질 수 있다는 근원적인 문제를 안게 된다. 현대예술이 오늘날 그 방향감각을 잃어가고 있다는 것도 그 좋은 예 일 수 있다.

이상열

「수필문학」 등단, 저서 「기독교와 예술」외 다수, 수필집 「우리꽃 민들레」 한국문인협회 회원, 비기오 예술신학대학교 총장 역임, 한국문화예술대상, 환경문학상, 현대미술문화상 외, 극단 '생명' 대표/상임연출, 로빈나문화마을 대표

말의 지혜

어느 병원의 로비에 걸려 있는 글

개에 물려 다친 사람은 반나절 만에 치료를 마치고 돌아갔습니다. 뱀에 물려 다친 사람은 3일만에 치료를 마쳤습니다. 그러나 사람의 말(言)에 다친 사람은 아직도 입원 중입니다.''

말에 대한 7계명

이스라엘 사람들이 5살 때부터 가르치는 조기교육 '토라'에서 가장 먼저 가르치는 말에 대한 7계명

1. 항상 연장자에게 발언권을 먼저 준다.
2. 다른 사람 이야기 도중에는 절대 끼어들지 않는다.
3. 말하기 전에 충분히 생각한다.
4. 대답은 당황하지 말고 천천히 여유 있게 한다.
5. 질문과 대답은 간결하게 한다.
6. 처음할 이야기와 나중에 할 이야기를 구별한다.
7. 잘 알지 못하고 말했거나 잘못 말한 것은 솔직하게 인정한다.

* 아무 생각 없이 입에서 나오는 그대로 말을 한다면 곤란한 상황이 많이 벌어지게 되고 서로에게 상처를 주게 됩니다.

배려와 존중의 말

가정에 충실한 남편이 아내의 생일 날 케이크를 사들고 퇴근을 하다가 교통사고를 당했다. 다행히 목숨은 건졌지만 한쪽 발을 쓸 수가 없었다. 아내는 발을 절고 있는 무능한 남편이 싫어졌다. 그녀는 남편을 무시하며 '절뚝이'라고 불렀다. 그러자, 마을 사람들이 모두 그녀를 '절뚝이 부인'이라고 불렀다. 그녀는 창피해서 더 이상 그 마을에서 살 수가 없었다. 부부는 모든 것을 정리한 후 다른 낯선 마을로 이사를 갔다. 마침내 아내는 자신을 그토록 사랑했던 남편을 무시한 것이 얼마나 잘못이었는지 크게 뉘우쳤다.

그녀는 그곳에서 남편을 '박사님'이라 불렀다. 그러자 마을 사람 모두가 그녀를 '박사 부인'이라고 불러 주었다.

'뿌린 대로 거둔다.'

참 마음에 와 닿네요. 상처를 주면 상처로 돌아오고 희망을 주면 희망으로 돌아온다. 남에게 대접받고 싶은 만큼 먼저 대접할 줄 알아야 한다. '말이 입힌 상처는 칼이 입힌 상처보다 깊다'는 모로코 속담이 있다.

'말은 깃털처럼 가벼워 주워 담기 힘들다.'는 탈무드의 교훈도 있다. 상대를 낮추며 자신을 올리려는 사람들이 있다. 그러나 상대를 무시하면 자신도 무시당하게끔 되어 있다. 배려와 존중의 말로 자신의 격을 높여가야 한다.

받은. 글 입니다

옹달샘 어록

민 은 기

* 정신 그릇이 큰 사람일수록 소탈하다.
* 내면이 강한 사람 특유의 부드러움을 보기 어렵다.
* 우리는 '되고 싶은 나'와 '현실의 나'란 갈등 속에서 살아간다.
* 일상에서 평화를 뿌리는 사람은 하늘의 일꾼이다.
* 한 사람이 잘못하면 그가 속한 집단 전체가 그런 줄 안다.
* 성숙하지 못한 인간이 높은 자
* 권위는 주장함으로써 얻어지는 것이 아니다.
* 운명은 예측하기 어려우며, 명성은 아침 안개와 같은 것이다.
* 사람들은 비정상에 빨리 순응하며, 주춤거리지 않고 살아갑니다.
* 국회의원들의 복잡성을 이해하지 못하면 정치가는 혼란에 빠집니다.
* 시인 타고르의 영향을 받은 사람이 지금 인도에서 추앙받는 간디이다.
* '쑥국'이란 詩는 남자가 다음 세상에서 지금 아내의 부

인 역을 하는 詩다.

* 사람은 다 죽는 것을 알고 있으면서 모르는 듯 미친 듯 산다. (리챠드 박스터)

* '눈물을 흘리며 씨를 뿌리는 사람은 기쁨으로 거둔 다.'고 성서에 기록되어 있다.

* 꽤 괜찮은 사람에게 식사 초대를 받으면 우쭐거리는 데, 그것이 올무일 수도 있다.

* 대가를 바라지 않고 누군가의 이웃이 되어 주는 것이 세상을 아름답게 사는 것입니다.

* 권위는 주장함으로써 얻어지는 것이 아니다.

* 운명은 예측하기 어려우며, 명성은 아침 안개와 같은 것이다.

* 사람들은 비정상에 빨리 순응하며, 주춤거리지 않고 살아간다.

* 국회의원들의 복잡성을 이해하지 못하면 정치가는 혼 란에 빠진다.

* 시인 타고르의 영향을 받은 사람이 지금 인도에서 추 앙받는 간디이다.

* '쑥국'이란 詩는 남자가 다음 세상에서 지금 아내의 부 인 역을 하는 詩다.

* 사람은 다 죽는 것을 알고 있으면서 모르는 듯 미친 듯 산다. (리챠드 박스터)

* '눈물을 흘리며 씨를 뿌리는 사람은 기쁨으로 거둔다.'
  고 성서에 기록되어 있다.
* 꽤 괜찮은 사람에게 식사 초대를 받으면 우쭐거리는
  데, 그것이 올무일 수도 있다.
* 대가를 바라지 않고 누군가의 이웃이 되어 주는 것이
  세상을 아름답게 사는 것이다.

인생 십치(十恥)

01 첫째 자신의 이익을 위해 남 속임은 사치(詐恥)

02 둘째 입을 함부로 놀려 욕을 들음은 구치(口恥)

03 셋째 지키지 못할 약속을 남발하는 남치(濫恥)

04 넷째 오만한 갑질로 빈축을 사는 오치(傲恥)

05 다섯째 부정하게 남의 자리를 빼앗는 탈치(奪恥)

06 여섯째 욕정을 참지 못해 불륜을 범하는 간치(姦恥)

07 일곱째 자식을 학대하고 방치하는 학치(虐恥)

08 여덟째 노부모를 팽개치고 돌보지 않는 패치(悖恥)

09 아홉째 남의 이목 때문에 하는 가식적 행동 가치(假恥).

10. 열째 세상을 무시하다 당하는 극치(極恥)

업up으로 배우는 쉬운 영어(알파벳순)

add up figures : 숫자를 합계하다

all the village was up. : 온 마을이 뒤집혔다.

an up train : 상행 열차

be laid up with a cold : 감기로 누워 있다

be up (the) river : 강 상류에 있다

bring him up to my house. : 그를 우리집으로 데려오게.

bring up a child : 어린애를 기르다

bring up the subject : 그 이야기를 꺼내다

catch up : 따라잡다

cheer up : 기운 내다

clean up the room : 방 청소를 하다

climb up a ladder : 사다리를 오르다

count up to ten : 10까지 세다

eat up : 다 먹다

finish it up now! : 지금 그것을 모두 끝내어라

from childhood up : 어릴 때부터 지금까지

from sixpence up : 6펜스 이상

get up! : 일어서

go up in the world : 출세하다

go up from the country : 시골에서 상경하다.

go up the wind : 바람을 거슬러 가다

go up to town : 읍으로 나가다

hands up! : 손 들엇! 손들어 주시오

he is not up to his job. : 그는 그 일 못한다.

he is up at the head of his class. : 그는 반에서 최고다.

he pumped up the tires. : 그는 타이어에 바람을 채웠다

he up and left. : 그는 갑자기 떠났다.

he's up to no good. : 그는 못된 짓을 꾀한다.

his temper is up. : 그는 화가 잔뜩 나 있다

hit a ball on the up : 튀어 오르는 공을 치다.

hurry up! : 빨리.

Is anything up? : 무슨 일이 있는가?

keep up to her : 그 여자에 뒤지지 않고 따르다

lift one's head up : 머리를 쳐들다

live halfway up the mountain : 산 중턱에 산다

look up : 올려다보다

move up in a firm : 회사에서 승진하다

my room is up the stairs. : 내 방은 위층에 있다

nail up a door : 문에 못을 박다

pack up one's things : 짐을 꾸리다

parliament is up. : 의회 폐회

part of the building is up. : 건물 일부는 세워졌다.

pay up (부채) : 모두 갚다

pluck up (one's) courage : 용기를 내다

Prices are up. : 물가가 오르다

pull one's socks up : 양말을 끌어올리다

pump up a tire : 타이어에 바람을 넣다

put up a flag : 기를 달다

put up a house : 집을 짓다

road Up : 도로 공사 중

row up the current : 거슬러 저어가다.

sail up : 배로 강을 거슬러 오르다

save up money to buy a car : 차를 사려고 돈을 저축하다

she showed up at last. : 그녀가 마침내 나타났다.

show her up. : 그녀를 위로 안내하시오.

speak up : 목소리를 높이다

speed up : 속도를 올리다

stand up : 일어서다

start up the engine : 엔진에 시동을 걸다

stir up trouble : 분쟁을 일으키다

stop up a hole : 구멍을 막다

take up a book : 책을 집어 들다

tally up the voting : 투표수를 집계하다.

tear up the newspaper : 신문지를 갈가리 찢어발기다

the blinds are all up. : 블라인드가 다 걷어 올려졌다.

the bomb blew up. : 폭탄 폭발.

the boy is up in the tree. : 아이가 나무에 올라가 있다

the car pulled up. : 차가 멈추었다.

the flag is up. : 기가 올라가 있다

the house burned up. : 집이 전소됐다

the meeting broke up. : 회의 산회

the river is up. : 강물이 불어났다

the road is up. : 그 도로는 보수 중이다

the sun is up. : 해가 떴다.

the system is up. : 컴퓨터 작동중.

the tide is up. : 밀물

the up line : 철도 상행선

tie up the parcel with string : 소포를 끈으로 묶다.

time's up. : 시간이 다 됐다

turn the radio up : 라디오의 볼륨을 높이다

two hits three times up : 3타석 2안타

up the workers! : 근로자여 궐기하라.

up to this time : 지금까지

up with you, you lazy boy! : 일어나, 이 게으름뱅이야!

up you come! : 올라와라

up, men, and fight. : 일어나 싸워라.

We went up North. : 우리는 북부로 갔다

What's he up to? : 그는 뭘 하고 있나?

What's up? : 어떻게 된 거야?

When is your leave up? : 자네 휴가는 언제 끝나나?

You're up next. 다음 타석은 너다.

많이 쓰이는 외래어

이 경 택

가스라이팅(gaslighting)=상대를 설득 현혹 후 지배력 행사

갈라쇼(gala show)=기념공연

갤러리(gallery)=미술품 전시 판매 장소

거버넌스(governance)=민관협력 관리, 통치

걸 크러쉬(girl crush)=여성이 여성의 매력에 선망

그래피티(graffiti)=벽에 그린 그림

그랜드슬램(grand slam)=테니스, 골프, 야구만루 홈런

그루밍(grooming)=화장, 털손질, 손톱 몸치장

글로벌 쏘싱(global sourcing)= 싼 부품 조합 생산단
　　　가 절약

내레이션(naration)=해설

내비게이션(navigation)=자동차 지도 정보 용어

노멀 크러쉬(nomal crush)=소박한 행복의 정서

노블레스 오블리주(noblesse oblige)=지도자 도덕적 의무

뉴트로(new+retro〉〉 newtro)=복고풍

님비(NIMBY. not in my backyard)현상=혐오시설

더치페이(dutch pay)=비용 각자 부담

데모 데이(demo day)=시연회 날

데이터베이스(data base)=정보 집합체, 컴퓨터자료 집합

데자뷰(deja vu): 초면이 구면 같은 느낌이나 환상.

도어스테핑(doorstepping)=출근길 문답

도플갱어(doppelganger)=분신이나 복제품

드라이브 스루(drive through)=자동차에서 서비스 받음

디자인 비엔날레(design biennale)=국제 미술전

디지털치매=디지털 기기에 지나치게 의존하여 기억력 위축

딥 페이크(deep fake)=인공지능 합성 편집 동영상

딩크 족(DINK, Double Income No Kids)=부부생활하면
　　　서 자녀를 두지 않는 부부

라이브 커머스(live commerce)=실시간 방송 판매

랩소디(rhapsody)=광시곡, 자유롭고 관능적인 악곡

레알(real)=진짜

레트로(retro)=과거 유행이나 풍습 복구를 향하는 통칭

로드맵(roadmap)=스케줄, 도로지도

로밍(roaming)=국제 통화기능

루저(loser)=패자, 모든 면에서 푸대접받는 사람

리셋(reset)=초기로 환원

리플＝댓글 · 답변 · 의견

마스터플랜(masterplan)＝종합계획

마일리지(mileage)＝주행거리 따라 획득 점수 화폐 기능

매니페스터(manifester)＝감정, 태도를 명백히 하는 사람

매니페스토(manifesto)운동＝선거공약 검증운동

메시지(message)＝알리는 말이나 글

메타(meta)＝더 높은

메타버스(metaverse)＝현실과 같은 3차원 가상세계

메타포(metaphor)＝은유, 비유법, 직유와 대조되는 암유

멘붕＝멘탈(mental) 정신 자세 무너짐

멘탈(mental)＝판단력과 정신세계.

멘토(mentor)＝인생 길잡이를 돕는 사람

모니터링(monitoring)＝방송, 신문에 객관견해 제공

미션(mission)＝사명, 임무

버블(bubble)＝거품

벤치마킹(benchmarking)＝남의 제품, 장점을 배워 경영

사보타주(sabotage)＝태업, 노동쟁의로 사주에 해를 끼침

사이코패스(psychopath)＝성격장애 품행장애자 지칭

소셜 미디어(social media)＝개방화된 인터넷상의 매체

소프트(soft)＝부드러운

소프트파워(soft power)=문화적 영향력

솔루션(solution)=해답, 해결방안

스태그플레이션(stagflation)=불황 속 물가상승 동시 발생

시놉시스(synopsis)=영화, 드라마 줄거리 주제 배경 설명

시스템(system)=조합 집합체

시크리트(secret)=비밀

시트콤(sitcom)=가볍고, 유머 요소를 극대화한 연속극

시프트(shift)=교대, 전환, 변화

싱글(single)=한 개, 단일, 독신

아웃쏘싱(outsourcing)=효율 목적 외부 용역 부품대체

아이템(item)=항목, 품목, 종목

아젠다(agenda)=협의 문제, 의사일정

알레고리(allegory)=풍자나 의인화로 전달하는 표현방법

애드 립(ad lib)=대본에 없는 대사를 즉흥적으로 만들어냄

어택(attack)=공격, 습격

어필(appeal)=호소, 항소, 관심 끔

언박싱(unboxing)=상자나 포장물의 개봉, 개봉기

에디터(editor)=편집자

엔터테인먼트(entertainment)=코미디, 음악, 토크쇼 오락

오리지널(original)=최초의 작품. 근원, 기원.

오티티(OTT, Over-the-top)＝인터넷을 통해 제공하는 서비스

옴부즈(ombuds)＝대리인.(스웨덴어)

옴부즈맨(ombudsman)＝민원 수사하고 해결해 주는 관리

와이브로(wibro)＝이동 중에도 인터넷 접속 가능한 서비스

유비쿼터스(ubiquitous)＝자유롭게 접속할 수 있는 네트워크

인서트(insert)＝끼우다, 삽입하다

젠트리피케이션(gentrification)＝내몰림, 원주민 밀려남

챌린지(challenge)＝도전하다. 도전 잇기, 참여 잇기.

치팅 데이(cheating day)＝별정 식단 따르지 않고 먹는 날

카르텔(cartel)＝조직들이 공통 목적을 위해 연합하는 패거리

카이로스(Kairos)＝기회 포착의 결정적 순간

카트리지(cartridge)＝탄약통. 간편한 프린터기의 잉크통

커넥션(connection)＝연결, 연계, 연관, 접속, 관계

캐스팅보트(casting vote)＝여야동수일 때 의장의 결정권

컨설팅(consulting)＝전문 지식인이 상담이나 자문에 응함

컬렉션(collection)＝수집, 집성, 소장품

코스등산＝여러 산 등산

콘서트(concert)＝연주회

콘셉(concept)＝개념, 관념, 일반적인 생각

콘텐츠(contents)＝목차. 디지털 정보나 내용 총칭

콜센터(call center)=안내 전화 상담실

크로스(cross)=십자가, 건넘 교차, 엇갈림

키워드(keyword)=핵심어, 주요 단어

테이크아웃(takeout)=식당 음식을 포장해 갈 수 있는 것

트랜스 젠더(transgender)=성전환 수술자

틱(tic)=갑자기, 반복적으로 행동을 하거나 소리를 냄

파라다이스(paradise)=걱정 근심 없이 행복을 누리는 천국

파이팅(fighting)=응원하며 잘 싸우라고 외치는 소리.

패널(panel)=방송 프로그램에 출연해 진행을 돕는 사람

패러독스(paradox)=역설, 논리적 모순을 일으키는 논증.

패러다임(paradigm)=사고, 인식의 틀, 체계나 구조개념.

패러디(parody)=특정 작품을 익살스럽게 풍자적으로 개작

팩트 체크(fact check)=사실 확인

퍼머먼트(permanent make-up)=성형 수술

포랜식(frensic)=범죄과학수사의 법정 재판에 관한.

포럼(forum)=공개 토론회

푸쉬(push)=힘으로 밀어붙임. 누르기

프라임(prime)=최상급. 기본적인

프랜차이즈(franchise)=자격 갖춘 자에게 영업권 줌.

프레임(frame)=틀, 뼈대 구조

프로테스탄트(protestant)＝가톨릭에서 떨어져 된 종교단체

프로슈머(prosumer)＝생산자이자 소비자인 사람.

피톤치드(phytoncide)＝식물이 병원균을 막으려고 뿜는 분비물.

픽쳐(picture)＝그림, 사진, 묘사

필리버스터(filibuster)＝의사 진행을 지연시키는 무제한 토론

하드(hard)＝엄격한, 딱딱함, 얼음과자

하드커버(hard cover)＝책 표지가 두꺼운 것

헤드트릭(hat trick)＝축구 하키에서 한 경기에서 3골 득점

휴먼니스트(humanist)＝인도주의자

해킹(hacking)＝남의 컴퓨터 시스템에 침입하여 해침

해커(hacker)＝해킹자.

귀여운 거짓말 / 웃음은 화를 지우는 지우개

의사가 병원 입구에 이런 간판을 달았다.

'단돈 100만 원으로 모든 병을 고쳐드립니다. 실패할 경우 1,000만 원을 돌려드립니다.'

공짜와 투기 좋아하는 사람이 돈을 쉽게 벌 수 있을 거라는 생각에, 가짜 환자가 되어 1,000만 원을 가지고 병원을 찾아갔다.

환자 : 저는 미각을 잃었어요.

의사 : 간호사! 22번 약을 가져다 이 환자분의 혀에 3방울만 떨어뜨리세요.

간호사는 의사의 말대로 했다.

환자 : 웨~엑! 휘발유잖아요!

의사 : 축하드립니다! 미각이 돌아오셨네요! 치료비 백만 원 내세요.

그 사람 짜증이 잔뜩 난 채 백만 원을 내고 며칠 후 변장을 하고 다시 이 병원을 찾아왔다.

환자 : 저는 기억력을 잃어버렸어요. 아무것도 기억나지 않아요.

의사 : 간호사, 22번 약을 가져다 혀에 3방울만 떨어뜨리세요.

환자 : '22번? 그거 또 휘발유잖아욧!

의사 : 축하합니다! 기억력이 되돌아왔네요! 치료비 백만 원입니다.

환자는 이를 악물고 돈을 내고 나와 며칠 후 다시 그 병원을 찾아갔다.

환자 : 시력이 너무 약해져서 물건이 윤곽밖에 보이질 않아요.

의사 : 안타깝게도 맞는 약이 없네요. 못 고칩니다. 1,000만 원을 드리겠습니다.

이 말과 함께 의사는 천 원짜리 지폐를 한 장 내밀었다.

환자 : 잠깐만요! 이건 천 원짜리잖아요!

의사 : 축하합니다! 시력이 돌아왔네요! 치료비 백만 원만 내시면 되겠습니다.

환자 : 악!!

난센스 퀴즈

1. 꽃집 주인이 싫어하는 도시는?

2. 누구나 그 절만 가면 쓰러지는 절은?

3. 스님이 차에서 내리면?

4. 약한 술은 낮에 독한 술은 밤에 마셔라의 사자성어는?

5. 미소의 반대말은?

6. 말하지 마라 라는 한자는?

7. 못생긴 여자를 좋아하는 사람은?

8. 미역 장수가 좋아하는 산은?

9. 발이 둘밖에 없는 소는?

10. 뱃사람이 싫어하는 가수는?

11. 죽자 사자 발버둥치는 사람이 모이는 곳은?

12. 바다 중에 가장 뜨거운 바다는?

13. 조선시대 수학을 가장 잘했던 임금은?

14. 세상에서 가장 뜨거운 과일은?

15. 형제 싸움에서 무조건 동생 편만 드는 집안은?

답

1.호주의 시드니 2.기절 3.중도하차 4.주경야독 5.당 가소 6.말 마 7.성형외과 의사 8.출산 9.이발소 10.배철수 11.수영장 12.열바다(열받아) 13.연산군 14.천도복숭아 15.형편없는 집안

서체로 본 성어

이 병 희

해서(楷書)　　　　　예서(隸書)

행서(行書)　　　　　전서(篆書)

금서(金文)

陰德陽報(음덕양보)

陰-그늘 음　　德-큰 미
陽-볕 양　　　報-갚을 보

-남 모르게 덕을 쌓으면
남이 알게 복을 받는다

ㅈ

| 自家撞着 자 가 당 착 | 언행(言行)의 앞뒤가 모순됨. 自家撞着 |

| 自强不息 자 강 불 식 | 스스로 힘써 쉬지 아니함. 自强不息 |

| 自激之心 자 격 지 심 | 어떠한 일을 하여 놓고 제 스스로 미흡하게 여기는 마음. 自激之心 |

| 自繩自縛 자 승 자 박 | 자기가 꼰 새끼로 자기를 묶는다는 뜻으로, 자기가 한 말이나 행동 때문에 자기 자신이 구속되어 괴로움을 당하게 됨. 自绳自缚 |

| 自手削髮 자 수 삭 발 | 제 손으로 머리를 깎다. 어려운 일을 남의 도움 없이 스스로 감당함. 自手削发 |

| 自業自得 자 업 자 득 | 자기가 저지른 일로 자기 자신이 대가를 받음. 自業自得 |

自責内訟 자 책 내 송	자기 스스로 자신의 잘못을 꾸 짖음. 自責内讼
自初至終 자 초 지 종	처음부터 끝까지의 사정. 自初至终
自暴自棄 자 포 자 기	자기 형편을 파괴하고 돌보지 않음. 自暴自弃
自畫自讚 자 화 자 찬	자기가 한 일이나 행동을 스스 로 추켜 칭찬함. 自画自赞
作法自斃 작 법 자 폐	자기가 만든 법에 자기가 걸려 죽음. 作法自毙
作舍道傍 작 사 도 방	말이 많아 이루지 못함. 길가에 집을 지으면 오가는 사람이 이래 라저래라 하여 집을 제대로 못 지 음. 作舍道傍
酌水成禮 작 수 성 례	물만 떠놓고 혼례 치름. 가난하 여 혼례를 간략하게 지냄. 酌水成礼
作心三日 작 심 삼 일	결심이 사흘을 가지 못함. 결심 이 굳지 못함. 作心三日
殘疾之人 잔 질 지 인	병치레를 하고 나서 쇠약해진 사람. 残疾之人

雜施方藥 잡 시 방 약	병을 고치기 위해서 여러 가지 약을 시험 삼아 처방하여 봄.　　　杂施方药
將計就計 장 계 취 계	상대의 계략을 미리 알아내어 역이용함.　　　将计就计
將功切罪 장 공 절 죄	공적과 죄를 절충하여 죄를 정함.　　　将功切罪
墻壁無依 장 벽 무 의	의지할 곳이 전혀 없음. 　　　墙壁无依
張三李四 장 삼 이 사	평범한 사람들, 장씨 삼남과 이씨 사남의 뜻.　　　张三李四
莊周之夢 장 주 지 몽	장자(莊子)가 나비가 된 꿈을 꾸고 꿈을 깬 뒤에 자기가 나비인지 나비가 자기인지 분간이 가지 않았다는 고사. 자아와 외계의 구별을 못하는 경지. 　　　庄周之梦
在家無日 재 가 무 일	나가서 돌아다니느라고 집에 있는 날이 없음.　　　在家无日
在此一擧 재 차 일 거	한 번으로 담판을 짓다. 한 번의 거사로 흥하거나 망하거나 끝장을 냄.　　　在此一举

適口之餅 적 구 지 병	입에 맞는 떡. 适口之饼
積年辛苦 적 년 신 고	여러 해에 걸쳐 하는 고생과 괴 로움.　　　　　积年辛苦
賊反荷杖 적 반 하 장	도둑이 도리어 매를 든다. 잘 못된 사람이 도리어 잘한 사람을 나무람.　　　　　贼反荷杖
積小成大 적 소 성 대	작은 것이 모여서 크게 이룸. 积小成大
赤手空拳 적 수 공 권	맨손, 맨주먹. 아무것도 가진 것이 없음.　　　　赤手空拳
積羽沈舟 적 우 침 주	깃털이 쌓여 배를 가라앉힘. 积羽沈舟
適材適所 적 재 적 소	마땅한 인재를 마땅한 자리에 씀.　　　　　　适材适所
積毀銷骨 적 훼 소 골	거짓으로 꾸며서 하는 말을 자 꾸 하면 뼈도 녹는다. 곧, 남들이 헐뜯는 말의 무서움을 이름. 积毁销骨
電光石火 전 광 석 화	극히 짧은 시간. 아주 신속한 동작.　　　　　　电光石火

前無後無 전 무 후 무	전에도 없었고 이후로도 없음. 前无後无	
戰戰兢兢 전 전 긍 긍	몹시 두려워 벌벌 떨면서 조심 함. 战战兢兢	
輾轉不寐 전 전 불 매	누워서 이리저리 뒤척거리면서 잠을 못 이룸. 辗转不寐	
前車覆轍 전 차 복 철	앞 사람의 실패를 거울삼아 주 의하라는 교훈. 前车覆辙	
剪草除根 전 초 제 근	풀을 뿌리째 캠. 미리 폐단의 근 본을 없애 버림. 剪草除根	
轉禍爲福 전 화 위 복	화가 바뀌어 복이 됨. 转祸为福	
節長補短 절 장 보 단	긴 것을 잘라 짧은 것에 보탠다. 장점으로 단점을 보완함. 节长补短	
切磋琢磨 절 차 탁 마	학문과 덕행을 닦음. 切磋琢磨	
切齒腐心 절 치 부 심	몹시 분하여 이를 갈고 속을 썩 임. 切齿腐心	
漸入佳境 점 입 가 경	점차 좋은 경지로 들어감. 渐入佳境	

點滴穿石 점 적 천 석	떨어지는 물방울이 바위를 뚫 음. 点滴穿石
井臼之役 정 구 지 역	물을 긷고 절구질을 하는 살림 살이의 수고로움. 井臼之役
頂門一鍼 정 문 일 침	정수리에 침을 주다. 따끔한 충 고를 일컬음. 顶门一针
井底之蛙 정 저 지 와	우물 안 개구리처럼 소견이 좁 음. 井底之蛙
梯山航海 제 산 항 해	험한 산과 바다를 건너 타국에 사신으로 감. 梯山航海
提耳面命 제 이 면 명	귀를 당겨 명령을 한다. 사리를 깨닫도록 간곡하게 타이름을 이 름. 提耳面命
諸行無常 제 행 무 상	우주 만물은 항상 돌고 변하여 한 모양으로 머물러 있지 않음. 诸行无常
糟糠之妻 조 강 지 처	구차하고 가난할 때 같이 고생 한 아내. 糟糠之妻

朝令暮改 조 령 모 개	법령을 아침저녁 마구 고쳐서 적응하기 어려움. 朝令暮改
朝名市利 조 명 시 리	명성은 나라에서, 이익은 시장에서 취함, 무슨 일이든 적성에 맞는 데서 행함. 朝名市利
朝聞夕死 조 문 석 사	아침에 도를 들으면 저녁에 죽어도 좋다. 짧은 인생을 값지게 삶. 朝聞夕死
朝飯夕粥 조 반 석 죽	아침에는 밥, 저녁에는 죽. 가까스로 살아가는 가난한 삶. 朝飯夕粥
朝變夕改 조 변 석 개	아침저녁으로 뜯어고치다. 계획이나 결정 따위를 자주 바꿈. 朝變夕改
朝不慮夕 조 불 려 석	아침에 저녁 일을 예측 못함. 당장을 걱정할 뿐 다음을 생각할 겨를이 없음. 朝不慮夕
朝不暮夕 조 불 모 석	아침에 저녁 일을 꾀하지 못함. 朝不暮夕

朝三暮四 조 삼 모 사	간교한 꾀로 남을 속여 희롱함. 朝三暮四
朝蠅暮蚊 조 승 모 문	아침에는 파리가 모이고 저녁에 는 모기가 들끓는다. 소인배들이 발호함.　　　　　　朝蠅暮蚊
造言之刑 조 언 지 형	거짓말로 남을 속여 자기 이익 을 꾀하는 사람에게 주는 형벌. 造言之刑
朝薺暮鹽 조 제 모 염	아침에는 냉이를 먹고 저녁에는 소금을 반찬으로 먹음. 매우 가난 한 생활을 비유. 朝荠暮盐
鳥足之血 조 족 지 혈	새 발의 피. 필요한 양에 얼마 되지 않는 양.　　　　　鸟足之血
造化無窮 조 화 무 궁	세상 만물이 낳고 자라게 하고 죽게 하는 대자연의 이치는 끝이 없음.　　　　　　　　造化无穷
存亡之秋 존 망 지 추	사느냐 죽느냐 절박함. 存亡之秋

存羊之義	가식된 예의와 구습의 예의를
존 양 지 의	버리지 않고 보존함.
	存羊之义

終天之痛	슬픔이 하늘 끝까지 이른다. 세
종 천 지 통	상에 또 있지 않을 극도의 슬픔.
	终天之痛

左顧右眄	정하지 못하고 앞뒤를 재며 이
좌 고 우 면	쪽저쪽을 살핌.
	左顾右眄

坐不安席	침착하게 한 군데 있지 못하고
좌 불 안 석	헤맴. 坐不安席

坐井觀天	우물 속에 앉아 하늘을 봄. 견
좌 정 관 천	문이 좁음. 坐井观天

左衝右突	사방으로 이리저리 치고받음.
좌 충 우 돌	左冲右突

主客一體	주인과 객이 하나가 됨.
주 객 일 체	主客一体

晝耕夜讀	낮에 밭 갈고 밤에 책을 읽음.
주 경 야 독	일을 하면서 공부함.
	昼耕夜读

酒果脯醯 주 과 포 혜	술·과실·포·식혜들로만 차린 간략한 제물. <div align="right">酒果脯醯</div>
走馬加鞭 주 마 가 편	달리는 말에 채찍을 가함. 근면하고 성실한 사람을 더욱 닦달함. <div align="right">走马加鞭</div>
走馬看山 주 마 간 산	달리는 말을 타고 산천 구경을 함. 바빠서 자세히 살펴볼 겨를이 없음.<div align="right">走马看山</div>
柱石之臣 주 석 지 신	한 나라의 주춧돌이 될 만한 신하.<div align="right">柱石之臣</div>
酒池肉林 주 지 육 림	술이 못을 이루고 고기가 수풀을 이룸. 매우 호화로운 술잔치. <div align="right">酒池肉林</div>
竹馬故友 죽 마 고 우	어릴 때부터 같이 놀며 자란 벗.<div align="right">竹马故友</div>
竹杖芒鞋 죽 장 망 혜	대지팡이와 짚신, 즉 산수유람 길 떠나는 차림. <div align="right">竹杖芒鞋</div>

중국 간자(4)

면	绵	綿=가는 실 면	绵织/纯绵
명	鸣	鳴=울 명	共鸣
멸	灭	滅=멸할 멸	全灭/灭私/灭共
모	谋	謀=꾀할 모	图谋/谋略/阴谋
몽	梦	夢=꿈 몽	梦寐/梦精/梦想
무	无	無=없을 무	无上/无力/无虑
	务	務=힘쓸 무	勤务/责务/任务
	贸	貿=바꿀 무	贸易
문	门	門=문 문	门前/房门/大门
	闻	聞=들을 문	新闻/所闻/听闻
박	扑	撲=칠 박	박
반	饭	飯=밥 반	朝饭/饭馔/麦饭
발	发	發=떠날 발	出发/发声/促发
	拨	撥=다스릴 발	反拨/拨军
변	变	變=변할 변	变心/变节/变质
	边	邊=가장자리 변	海边/江边/路边
	辩	辯=말 잘할 변	辩护/辩士/辩明
병	骈	駢=나란히 병	
	饼	餅=떡 병	熬饼/卖饼
보	补	補=기울 보	补修/补助/补笔
	宝	寶=보배 보	宝石/宝座/宝华
	报	報=갚을 보	报道/报知/朗报
복	夏	復=돌아볼 복	回夏/夏旧/往夏
	仆	僕=종 복	仆从/臣仆/神仆
봉	凤	鳳=봉황 봉	凤凰/凤友
부	妇	婦=며느리 부	子妇/慈妇/夫妇

	赋	賦=구실 부	月赋/割赋/日赋
분	奋	奮=떨칠 분	奋斗/奋起/奋发
	粪	糞=똥 분	粪尿
	坟	墳=무덤 분	坟墓/封坟
붕	鹏	鵬=새 붕	
비	备	備=갖출 비	准备/豫备/备考
	飞	飛=날 비	飞行/飞云/飞上
	费	費=쓸 비	费用/浪费/所费
빈	宾	賓=손님 빈	贵宾/宾客/宾厅
	贫	貧=가난 빈	贫穷/贫民/贫农
사	师	師=스승 사	师弟/师表/师范
	丝	絲=실 사	蚕丝/明丝/丝部
	写	寫=베낄 사	写真/誊写/复写
	饲	飼=먹일 사	饲育/饲料/饲草
상	偿	償=갚을 상	报偿/补偿/赔偿
	伤	傷=상처 상	伤处/损伤/伤害
	丧	喪=죽을 상	丧服/丧家/丧舆
	详	詳=자세할 상	未详/详细/详述
산	产	産=낳을 산	产业/生产/丰产
	伞	傘=우산 산	雨伞/伞下
새	玺	璽=도장 새	国玺/印玺
색	啬	嗇=아낄 색	吝啬
살	杀	殺=죽일 살	杀人/杀生/铳杀
서	书	書=글 서	书籍/书类/书架
	屿	嶼=섬 서	岛屿
	绪	緒=실마리 서	情绪/绪正

울타리 보급을 지원하고 후원하신 분들

이상열	박영률	이용덕	스마트 북(10)	
강갑수	박주연	이정숙	벚꽃 울타리	
권종태	박찬숙	이주형	발행에	
김광일	박 하	이진호	후원하신 분들	
김대열	방병석	이채원		
김명배	배상현	이택주		
김무숙	배정향	임성길	김순희	100,000
김복희	백근기	임준택	김어영	30,000
김상빈	성용애	임충빈	김영배	30,000
김상진	손경영	전형진	김홍성	100,000
김연수	신건자	전홍구	맹숙영	40,000
김성수	신영옥	정경혜	배상연	15,000
김소엽	신외숙	정기영	심광일	50,000
김순덕	신인호	정두모	이계자	100,000
김순찬	심광일	정석현	이동원	30,000
김순희	심만기	정연웅	이병희	30,000
김승래	심은실	정태광	이상열	200,000
김어영	안승준	조성호	이용덕	10,0000
김예회	엄기원	주현주	전홍구	30,000
김영배	오연수	진명숙	정태광	40,000
김영백	유영자	최강일	최강일	50,000
김예희	이계자	최신재	최건차	50,000
김정원	이동원	최용학	최명덕	100,000
김홍성	이병희	최원현	(조치원교회)	
남창희	이상귀	최의상	한국유나이티드	1,300,000
남춘길	이상인	최창근	한명회	30,000
맹숙영	이상진	표만석	한평화	10,000
민은기	이석문	한명회		
박경자	이선규	한평화		
박영애	이소연	허윤정		